钟少华 著

八十述怀

我的学术生涯

SPM 南方传媒 | 广东人民出版社
·广州·

图书在版编目（CIP）数据

八十述怀 / 钟少华著 . — 广州：广东人民出版社，
2022.7
ISBN 978-7-218-15780-1

Ⅰ．①八… Ⅱ．①钟… Ⅲ．①回忆录－中国－当代
Ⅳ．① I251

中国版本图书馆 CIP 数据核字（2022）第 088527 号

BASHI SHUHUAI

八十述怀

钟少华 著

出 版 人：肖风华

选题策划：倪腊松
责任编辑：马妮璐
责任技编：吴彦斌 周星奎
装帧设计：周伟伟

出版发行：广东人民出版社
地 址：广州市越秀区大沙头四马路 10 号（邮政编码：510102）
电 话：（020）85716809（总编室）
传 真：（020）85716872
网 址：http：// www.gdpph.com
印 刷：三河市中晟雅豪印务有限公司
开 本：787mm×1092mm 1/16
印 张：16.5 字 数：170 千
版 次：2022 年 7 月第 1 版
印 次：2022 年 7 月第 1 次印刷
定 价：88.00 元

如发现印装质量问题，影响阅读，请与出版社（020-85716849）联系调换。
售书热线：（020）85716826

要攀登这座山的人，起初在下部是艰难的，越上升越没有痛苦，最后就和坐着顺流而下的小船一样。

——但丁《神曲》

目　录

第一章
缘　起

我的人生大致可以劈成两半。以 1980 年为界，前半段 42 年是为求生存，充满苦难和泪水，想起来痛苦不堪，实在是不愿意回忆，不写也罢。后半段我因缘际会，获得多位巨人青眼相加，得以站在他们的肩膀上获得教诲，逐渐看清楚自己的学术目标，终于让我在完成 17 部学术著作之后，可以暂停脚步，将前辈们对我的谆谆教导和我的心得叙述出来。

我的生命和幸福是母亲、父亲给的。没有他们，我便无法长时间浸润在人文精神中。

母亲陈秋帆（1909—1985），广西人。在柳州上中学的时候，母亲参加了共产党外围组织的活动，为当地所不容，只好到广州半工半读。1929 年到杭州边工作边读书。1934 年与我父亲结婚并一起到日本深造，在东京法政大学攻读日本文学，并成为白鸟库吉①的

①　白鸟库吉（1865—1942），日本东方学家，重点研究中亚、朝鲜、中国东北和蒙古历史。曾主编《满洲历史地理》和《朝鲜历史地理》，著有《西域史研究》等。

学生。1937年日军攻打杭州前一周，母亲回国，和父亲接着一同到桂林。我就是在桂林出生的。接着，父母应左恭的邀请带我到韶关，母亲先任第四战区的政治部中尉，负责审讯日本战俘；后随父亲到当时迁至粤北坪石的中山大学。1949年5月，我们全家从香港来到北京。母亲先在中南海工作，后到北京师范大学中文系任现代文学教研室主任。母亲的代表作是译著《拜伦传》。正当她用心教学之际，却在1957年被定为"右派"。她遭受极大的精神打击，加上物质匮乏、营养不良，1985年因癌症而过早离开我们。可怜她奋斗学习到的本领，一直没有能够发挥大作用。只是在她患病的晚年，帮助北京师范大学建立了日语系的第一批人才队伍。1991年，父亲在他编的《陈秋帆文集》序中写道：

秋帆是一个具有现代理想的女性。……秋帆又是一个勤奋不息，一意向前的女性，……秋帆同样是个有她强处的人。在一切工作上，她是一个埋头苦干，不求闻达的人。遥遥的数十年，在家庭中，她是勤劳的主妇，是照料周到的妻子和母亲；在学校里，她是认真教学和亲切待人的教师；在社会上，她是奋力工作、默默无闻的、良好文化食品供应者。……坚持理想和奋勉不怠，作为一个现代的女性，已经光辉烨烨，无负于我们的时代和人民了。

父亲钟敬文（1903—2002），广东人。青年时期，父亲深受新文化运动影响，1923年就出版新诗集。1925年，受彭湃、聂绀弩影响，来到广州，在中山大学任傅斯年的助教，致力于中国民间文艺的搜集整理。父亲与顾颉刚等人过从甚密，两人和容肇祖成立了民俗学会，开创了他在中国发展民俗学的事业。父亲也写散文、诗歌，编纂民间文学资料。不料却被当局迫害，只好去杭州任教。在杭州，他和刘大白、郁达夫等朋友成立中国民俗学会，发表学术研究专论，出版散文集《西湖漫拾》等。1934年与我母亲结婚后东渡日本，投在西村真次教授门下，成为早稻田大学访问学者。父亲与实藤惠秀、增田涉、竹内好等学术交往密切，曾在中国文学研究会演讲，发表论文多篇，提出建立民间文艺学的见解。1936年，父亲先回到杭州任教，扩展民间文化的研究工作。1937年，日寇侵略战火烧至南方，父亲投笔从戎，到四战区政治部任上校专员，与左恭、黄苗子、郁风、孙大光、廖辅叔、陈原等友人一同进行抗日宣传工作。1941年，返中山大学任教。1947年因"思想左倾"的罪名被解职，到香港达德学院任教。1949年5月，我们全家以"民主人士"名义赴京，父亲参加第一次中华全国文艺工作者代表大会，随后到北京师范大学任教。本以为可以安心开展民俗学、民间文艺学的研究，不料1957年凭空掉下来一顶"右派分子"的帽子，"荣获"一部《右派分子钟敬文批判集》，更被剥夺教学与研究的资格。父亲长期陷于痛苦中，他不断地反思自己的学术追求何以不能够满足时代的需求，不断深挖自己的"资产阶级思想"。1962年"摘帽"后，又开始偷偷进行学术研究，发表论文。但是史无前例的"无产阶级文化大革命"完全中断了他的教学、研究工作。就是在"四人帮"倒台前，在全国陷入万马齐喑的局面下，他依然在师大的会场上公开喊出："我认为文化大革命就是毁灭文化！"父亲幸运地迎来改革开放的新时代，开始了他生命中最辉煌的奋进，直到2002年逝世前几个小时，他将全部精力投进建设中国民俗学派的伟大事业中，基本上连家务事都无暇照顾，也将他年轻时候就筹措的研究专题（如老鼠嫁女的故事型等）放下，从早到晚都是为学生们服务，为人民的文化建设事业呕心沥血。在他逝世前三个月，他在医院里还发起举办学术研讨会。他在会上说："大家要有一种民族的自觉，将中国的精神视为命根子，将中国的优秀文化视为我们的命根子。"在他逝世前七天，在多年荣辱与共的老朋友启功先生为他安排的百岁华诞上，他喊出："人民的事业是最伟大的事业！"而他对家事则一句话都没有。

我在自己的《文存》中总结道："我向母亲学习的是宽容，我向父亲学习的是进取。"母亲的宽容精神让我熬过几十年的种种磨难和吃苦；父亲的进取精神则指导着我不断地一步又一步，勇敢迈向从未经历过的多学科知识熔炉中。我掌握不了像鲁迅先生那样以笔为投枪的本领，但可以忍受生活中种种卑劣的践踏；我没有能力倚靠吹嘘而上天，只有将自己奉献在人类知识的圣殿上。这就不知不觉地走过了40余年光阴，我还是庆幸满足的。其中最大的幸运，就是我机缘巧合，得到几位巨人的指点扶持，容我登上他们的肩膀，眺望和认知人类知识的奥妙。本书选取几位巨人作代表区分时间段，难以将帮助过我的朋友、非朋友们一一罗列。同时也将我学习不同学科的知识，留下一点时代的真实的进程，也许可以认作学习方法的一种案例。还祈年轻人们见谅。

本书所讲的，虽然是以我个人的经历为导线，但并非写自己的回忆录，我的核心意图是通过梳理几位学术巨人对我的指点，主要介绍学术研究方法的种种。我因掌握了一些学术上的思辨方法，能够将学习到的认知方法、知识内涵，尽量展示出来，这或许能为年轻读者提供借鉴吧。

第二章
茅以升—口述史、近代科技史—寻觅文献

一、被塞进社科院

1980年，我的老同学柳树滋[①]在中国社会科学院哲学所做一份新杂志《潜科学》的主编。杂志社需要一个编辑，他来找我。我当时在一所中学任高中物理教师，他对我说："现在形势好了，你根本不是专业出身，教什么书？出来给我编杂志吧。"我点了点头，就被调出来了。"潜科学"，顾名思义，就是潜在的可能是科学的东西，需要人们去思辨、探索、认知和不断地碰钉子。我开始学习如何做文字编辑和组稿，当时鼓噪于新闻界的"耳朵听字"的文章，最早就是我去约来的。

一年后，我被调到《中国科技史料》杂志，主编是严昭阿姨。她是陆定一夫人严慰冰的胞妹、周恩来总理的外事秘书。我们在紫竹院公园内一间平房办公，我的工作是向北京一些研究中国科技史

[①] 柳树滋，男，1937年生，1966年作为自然辩证法研究生毕业于中国科学院哲学研究所。曾就职于中国科学院哲学研究所、北京师范大学哲学系。

的中老学者约稿。记得我曾去北大访问过中国科学社的老前辈唐钺老[1]，也去找过茅以升等人。不到一年，大概是上面有人不准杂志社用我，我离开了杂志社。严昭在通知我时，顺手似的将一捆纸塞到我手里。我回家打开一看，原来是我的档案原件。里面有一张我考大学时的审查书，判词是："父母右派，不准录取。"我这才如梦方醒，原来我多年不解之谜是这么一个"政策"。第二天，我回到紫竹院，将全部档案还给严昭。她若无其事地接过去了，给我写了一张工作证明，说我能够胜任编辑工作。

1982年，北京社会科学研究所突然来函调我去，我就稀里糊涂地成为历史研究室的成员。来到四号楼上班，我发现同事们岁数差不多，也多是从中学调来，并非成名人士；但是，他们基本上是北大历史系或人大历史系毕业的。这可真叫我害怕了。60年代，我在北师大中文系旁听过，电视大学中文系学习过，也说"文史不分家"，但与历史学的研究，差距是很大的。这怎么办？退路是没有了，从头再学已经来不及了，混饭吃更不是我所愿。所长赵庚奇待我相当宽容，同事姜伟堂、尚燕生、周雷经常关照我，正如燕生说我的："你是置之死地而后生呀。"我暗自承认，比起受过高校专业训练的人，我是不学无术。但我不甘低人一头，我认为：学了就有术，那么我的后半生就需要不断地求知、认知，才能够学有所成。

我必须尽快找到自己作为研究者的出路，找到自己能够研究的社会科学课题，找到能够用的文献。要知道，对于中国人来说，社

---

[1]　唐钺（1891—1987），我国心理学的奠基人，著名翻译家。

会科学是一个多么大的魔圈呀。社科院一大好处是不用坐班，一周只用去半天，更没有任务布置，我可以冷冷清清、寻寻觅觅，也可以自称用的是"笨鸟先飞"的办法。

我这个笨鸟，首先想到要补点历史学知识。当时的历史学著作，我读不进去，感觉太空，仿佛是从一顶带色的帽子再飞到另一顶变色的帽子。我就改为去中国历史博物馆等有历史实物的地方参观，有空就去，反复多看多问，让脑子里留下一些实物形象，特别是不同历史时期的实物的区别，先秦的、唐朝的、宋朝的、元朝的、明朝的、清朝的、民国的，一一辨别区分。这样学习的结果，我至少可以在认知上少犯错误。总之，蜻蜓点水而已，不够用，但可以听懂别人的见解，不至出洋相。

1965年，我在国家中心图书馆委员会工作，我对中国图书的知识很好奇，请教过馆长范新三、副馆长顾家杰关于图书文献分类的问题。承他们指教，几句话就更让我想学习图书馆学。后来没有机会学了，但现在需要了，我只有补课。我的课堂是在旧书店。80年代中国的书店，那可真是宝藏，清朝至民国时期出版的各门各科的图书堆积如山。北京旧书店里的工作人员，特别是老师傅们，不但具有丰富的图书鉴别知识和能力，而且按照老北京琉璃厂的传统，对读者的服务是从学术的需求角度做到体贴入微。我把当时北京的几个旧书店反复逛遍了，那几位老师傅也就对我青眼相加，经常在我进到书店里，已经捧上一大叠你可能要的书刊，静等你选择。碰上灯市西口的关师傅、刘师傅，甚至还可以商量定价，选择双方接受的价格。可怜的是，我那时的工资仅有几十元，只有挤下吃饭钱才可能买一点书，因此错过了不少好书。我今天的藏书，很大部分是他们推荐提供的。其中，就包含有近代出版的关于文献学、图书馆学的书刊。这些旧专业书，读起来反倒容易懂，同类书尽管作者观点不同，但我却因此而收获多多，可以从不同视角来看待。

我这个笨鸟，想到在《潜科学》杂志、在《中国科技史料》杂志所学习到的跑腿编辑的经验，应该还是实用的。显然，我接触到的多为科学家和他们的文献，凭着我那一点点物理学知识，凑合可以看懂。我想能不能尝试做科技史的研究工作。我认识几位研究科技史的朋友，但是我现在该向谁学习呢？

二、茅老一席话

我开始漫游，尽量请教一些老人。偶然机会，我走进了茅以升[①]的家，他那时候已经80多岁了，名声在全国都很响亮。他的成就现在在网上能查出一长串，这里我就不抄述了。我拿出自己的证件，并告诉他家父是谁。他说记得家父名字，30年代都在杭州，于是笑容可掬地同我聊起来。去了几次，聊多了，我把自己前半生的经历讲给老人听，然后发牢骚似的说道："茅老，您看我没有上过正规大学，做过炼钢工人、图书馆工作、高中物理教师、编辑，可以说

---

① 茅以升（1896—1989），原名以昇，江苏镇江人。中国桥梁专家、教育家。主持修建中国首座跨度较大的钱塘江公路铁路两用桥、武汉长江大桥，参与人民大会堂结构审查工作。著有《钱塘江桥》《武汉长江大桥》《中国古桥与新桥》等，主编《中国古桥技术史》。

文、理、工都干过，现在却调进社科院做研究，您看我该做什么研究呀？"茅老看着我，沉思了一会儿，轻声地但很清晰地说出两句话，一句是"你就研究我们这一代人吧"，接着一句是"你横向综合地做吧"。我听着几乎有如雷贯耳之感，回家几乎一夜无眠，感觉有如一扇天窗在我面前打开，让我看明白自己四十年来所处的位置，以及我可能做的研究工作的特点。我有过文、理、工科的体验，但讲文科我没有任何作品，讲理科我只能讲点基本的课堂知识，讲工科我不是工程师，我在哪科中都算不上专家。但是，当时的专家，有几个能将这三科串在一起？能像我这样在学术上横着走呢？我明白了，我的经历也具备不符常规的优势，我有了信心。我感觉自己仿佛是四十年来一直在梦中，现在刚醒。

茅老要我研究他们这一代人，他们这一代人意味着什么？时间段自然是自 19 世纪末至 20 世纪中期。这段时间的要点就在于清末洋务运动以来，经历过戊戌变法和新政时期，再到辛亥革命，建立民国，建构新中国的科学技术基础，还有日本侵略、全民抗战。1949 年内战结束后，又是新的革命，直到 80 年代。简单说，这个时间段，中华民族陷入空前巨大的困境中，也是中华民族奋勇求生存，自立于世界民族之林的时候。这期间，科学技术成为重要的手段，大量学习到新知识的年轻人，从海外回归参与中国的科技建设，殚精竭力，终于奠定了现代科学与技术的基础，还培养了全新的科技人才。我如果能够通过研究，呈现他们的历史功绩、精神追求、研究方法和渊源，那我是愿意做的。我选定的一代人，基本年龄就定在 80 岁以上的，因为年轻一些的，以后还来得及被更年轻的关注。我选择他们为研究对象，根本是由于他们对于中国各方面的建

与茅以升合影

设，都做出了一些贡献的。我正是想通过他们本人，记录和描述近代中国各方面建设的状况。

"横向综合"是什么意思？一来是，自然科学本身已经在中国被区分为许多分支，所谓数理化、天地生等。每一门分支，各有其界限、概念、思想、方法、历史等，相互之间基本上没有交叉往来，很容易形成门户之见。工程技术更是被分割得仔细又仔细，当时重要的，很容易就数上数十种。各自使用不同的操作程序，各自有着不同的工具和方法，各自有自己的产品成果及专业关系网，我可以说是仅知一点皮毛。但是各色皮毛也是可以缝成实用大氅的。更何况，各门科学和各门技术的基本内涵，有着共通的人类智慧，全是通过人类的语言文字表达出来的（虽然人类语言分成多种）。每一个现代人，只要有心，当然能够学习到。更幸运的是，从几千年来的科技发展史来看，一门科技有了新思想、新方法、新成果，会在其他科技专业中产生积极的影响，互相帮助，互相促进。所以，所谓分科与专业与综合互联，都只是人们为了需要而硬性规定的。在几千年的实践中，各门科学与各门技术从来都是混合而行的。20世纪最伟大的天才爱因斯坦，他的创新思想，你能说是哪一门专科产生的吗！我有了学习之心，这就够了。二来是，我还更进一步想，文理工三科的横向综合，就比自然科学复杂得多，这不是说科学家会写诗、工程师会写小说就是综合了。我当时认为：近代中国的科学知识内涵和科学家、近代中国的工程技术内容和工程师，是我所应该搜集的；而语言的表述，则是认知后的见解。我可以开始尝试，至于在文理工三科中可能获得些什么样的结果，那是难以预测的。应该说，探索也是一种或成功或失败的尝试啊。我探索过了，也就是说做了时代让我做的事，成功或失败，是无从计较的了。

三、口述史的探索

既然梦醒了，我该起而行。除了略看看茅老的生平介绍，我听说百货大楼开始卖一种砖头大小的、香港组装的磁带录音机。我当时的存款只有不到200元，母亲支援了我150元。我挤到柜台，花300元买了一台，再花7元买一盒录音磁带（约为我5天的生活费），再买电池装上。我厚着脸皮再到茅老家中，对茅老说："我现在听您的话，您就先讲一讲您同罗英是怎样建钱塘江铁桥的吧。"茅老居然认真地对着录音机开讲他们的八十一难。我拿回家中放出来听，不由得高兴起来，感觉犹如完成丰功伟绩似的。（只是后来用来讲学，稀里糊涂地将这第一盒带弄丢了，遗憾至今）

我胆子大起来，于是又接着去磨烦茅老："茅老，您是当年的中国工程师学会会长，手下有一万多名工程师，那现在您还跟谁有联系？我想去拜访他们。"茅老从上衣兜里掏出一个小本子，一边翻一边念给我听："孙越崎在……，电话号码……；茅以新……；恽震……；黄汲清……；顾毓琇……；柳大纲……；钱三强……；汤佩松……"一连串念出来，我全记下来，但心里可就嘀咕，"这些人都做过什么呀？恐怕不止是工程界的吧？"回来我就想，不能够马上打电话去惊动老人，因为我对他们每一个人基本上都是一无所知。于是我先去找关于这些人的文献。我去中国科学院档案室查询，工作人员打开存过档案的铁柜让我看，全是空的，文献已经在"文革"期间毁掉了。结果是旧书店的老师傅们给我提供了丰富的文献，包括：中华工程师学会①的《会报》全套和《工程人名录》；中国科学社的会刊《科学》全套和出版的专著；傅兰雅主编的《格致汇编》全套；中央研究院的院刊；北平研究院的院刊；福建研究院的出版物；西部科学院的出版物；资源委员会的出版物；化学会的会刊《化学》；化学工程学会出版的《化学工程》；中央工业试验所的刊物；矿冶研究所的出版物；农学会出版的《农学》；农学界的出版物；医学界的出版物；等等。更重要的，这些前辈的科学技术

---

① 1913年8月，中华工程师会在汉口成立，詹天佑被推举为会长。1915年，中华工程师会改名中华工程师学会。次年，总部由汉口迁往北京。

专著原版书，我是见到就买。这些"过时"的科技专著售价相当便宜，我就扛回来了，然后坐在书堆里翻看，这要比上北京图书馆看书方便多了。

为《中国近代科技史谭》题词.

　　中国近代百年历史显示了中华民族的科技工作者为人类的科技进步，为民族的繁荣昌盛，做出了艰苦奋斗的伟大业绩，确实应该大书特书。

　　钟少华同志四处奔走，长期收集，把这些科技工作者的经历，别具一格地写成这部巨著，借以策励后人，奋发图强，同各国其他民族共同前进，为创造一个发达的新世界而作出新贡献。

九十五岁孙越崎敬题.
一九八八年五月

孙越崎题词

我给每一位准备访谈的老人，准备两张卡片：一张是我从文献中查到的他的个人学术简历，重点在他在国内外学习的是什么专业、工作成果有什么。第二张卡片，正面写我看过简历后想请教的问题，背面写我的联络方式。准备好后，我才打电话联系老人，电话中讲明我的身份和我想请教的问题，不可少的是茅老的推荐。经老人俯允后，按照他提的时间、地点前往。见面寒暄后，我就将第二张卡片双手捧着递给老人，以示敬重。待他开口讲述后，需要时不时提醒他，鼓励他讲出当年学术圈中师友经历过的故事等等。

和老人谈话是很辛苦的事情，除了方言外，主要是他们的专业知识。他们大多数都是各个专业的泰斗人物，如果你是门外汉，一窍不通，该怎么和老人沟通呢？在80年代，我陆续访谈了百余位不同专业的科学家和工程师，每一次访谈，对我来说，犹如百余位老师在上课，让我学习到空前丰富的知识。1985年，我在北大偶然遇到美国席文教授的博士生何海诗（J.Hass），他用熟练的普通话劈头问我："你是做什么的？"我真不知道自己是做什么研究的，于是回答道："我只是拿着录音机到处给老科学家录音。"不料他笑了，然后告诉我，在西方，这叫口述史工作；而且西方的口述史已经盛行几十年，几乎每个专业都有自己的专门录音馆，就连总统都有自己的录音室。我这才知道自己做了几年的田野工作，是早就有专业称呼的。我们迅速成为朋友。1986年他邀请我与他一起，巡游多个城市，访谈一批生物学家。他是在准备博士论文课题，而我的单位允许每人每年出差一次。我们坐上火车，第一站是天津，接着是南京、苏州、上海、杭州、福州、厦门、广州、武汉，再回到北京，我们走了近半个中国，访谈了数十位生物学老专家，也让我开始体验到口述史工作的深度。从第一次访谈开始，我就领教了哈佛的访谈程序。他表现得相当得体，礼数周全，一开口提问，总是从受访者的幼年教育问起，接着是小学、中学，然后才是大学的专业问题，再到出国到哪所大学上学、接受哪个老师的指导、博士论文是什么、回国后做什么样的研究工作……仔细又准确，因为他在美国就已经做好老人的身世调查，他的卡片上清清楚楚。这样一来，我就狼狈了，因为我没有他那么多的录音带，可以长时间地录下去。我只好偷懒，在他问到大学时才开机录音。更意外的是，每一次离开老人住宅时，他几乎马上转头对着我，明确批评我在某一处说话时声调不对、手势不恰当，问的也不好等。我被他搞得莫名其妙，但我想到我们中国人的语言表达方式，应该是我明白一点，于是我就反顶起嘴来。多次争吵，大概谁也没有说服谁，反倒是加强了我们之间的友谊。

后来我单独访谈时，经常就会想起这位老朋友可能会用如何不同的访谈技巧，我也深深感谢他对我的专业指导。记得我们在北京大街上骑自行车时，我发现我总是追不上他，只好求教。他告诉我，窍门其实很简单，就是在脚往下蹬的时候顺势加点力，就会一次快过一次。我试过就明白了。只可惜，后来的北京大街上，已经很难痛快地骑自行车。还有一次，我们谈起史学作品与文学作品的区别，他说道，他最欣赏的是把史学作品写得跟文学作品一样。我一直在琢磨这句话的意义。他在回国前，还帮助我申请到"中国改革开放基金"9800元用于做口述史访谈。我到基金会办公室领钱的时候，办公室的人只问了我一个问题："为什么是9800元？"我回答，是根据我所访谈的老人所在的不同城市，所用机票钱、住宿费、公交费及录音带钱等算出来的。他们都乐了。我平生第一次拿这么多现金，没有口袋，只好脱下帽子来装。后来我用这笔钱，去了东北、四川等地访谈。9800元中有3000元是给录音整理者的报酬。回京后，我找到清华、北大研究生会的学生，对他们说，我按照发表论文的标准给他们报酬。不料一周后，他们将带子拿回来还我，说是听不懂。无奈之下，这3000元和我带着的一大沓密密麻麻贴在纸上的车票单据（多是5分钱一张的公交车票），一同退回给基金会。

作者与友人何海诗

后来茅老以全国政协副主席的身份，在文史委（全称"文史资料研究委员会"）里成立科教组。我属于编外人员，可以参加老人的活动。我拍过他们开会的相片，更由此认识了徐盈（1912—1996）。他在30年代就已经是出名的记者，80年代任全国政协文史委副主任，参与《文史资料选辑》的编纂工作。我到外地访谈时，也可以开文史委的介绍信。文史委邀我在政协礼堂讲过口述史研究，我的文章和相片刊登在政协《文史通讯》1986年第3期上面。

开始访谈的时候，由于无知，我错失过许多本该获得的讯息。有一位老人，我提前三天在电话中约定去拜访，但当我登门拜访时，他的儿子戴着黑纱开门。有位90岁的老人，当我坐在他家徒四壁的屋里，听他讲当年为国家所做出的贡献时，他眼中流出了眼泪。他没有想到，居然有一个年轻人还知道他所做过的工作。我原先仅是出于好奇而进行这项研究，现在似乎变成一种历史的责任——我记录的是历史。我后来与其中一些老人成为忘年交，像孙越崎老先生，我第一次到朝阳门外大街他的家中看他，他一开口就讲了三小时，从他在黑龙江开金矿，到抗战时期在玉门开采石油，到他被翁文灏赏识，成为接班人，再到他在内战后期，保存他管理的百余家大工厂、三万余工程师、二十多万工人，使他们成为新中国的国营工业基础。后来，他被任命为开滦煤矿顾问。唐山大地震时，他被埋在瓦砾中，是他女儿把他刨出来的。后来我买到他在1925年写的书，拿给他看，他十分惊讶。我就说："老爷子，您签个字留念吧。"他就提笔签名。还有顾毓琭（一泉）前辈，他是顾毓琇的弟弟、顾毓珍的哥哥，兄弟三人都做出过巨大的贡献。在30年代，一泉老作为中央工业试验所所长和中国工程师学会总干事长，做了大量具体工作。抗战时期，一泉老在后方进行轻工业工厂的建设，帮助大量民营工厂解决技术问题。1951年调任中国纺织机器制造公司总经理，后来却被莫名其妙地抓进牢中，放出来已经是70年代后期了。我买到他的著作和试验所的刊物，拿给他看。他对我说："不要坐而论，要起而行。"

这里我整理出部分访谈过的不同专业的老人名单如下：

工程学：茅以升、顾毓琇、恽震、孙越崎、严恺、茅以新、陈章、施嘉炀、沈鸿、屈伯川、杨树棠、陶葆楷

数　学：苏步青、柯召

心理学：唐钺、潘菽、高觉敷、陈立

生物学：贝时璋、殷宏章、李汝祺、陈驹声、庄孝僡、王应睐、汪德耀、郑集、陈纳逊、谈家桢、俞大绂、黎尚豪、张作人、蒲蛰龙、方心芳、饶钦止、高尚荫、汪堃仁、丁汉波等

生理学：蔡翘、冯德培、汤佩松、吴襄、张锡钧

物理学：赵忠尧、钱三强、余瑞璜、郑华炽

化　学：戴安邦、王箴、柳大纲、张洪沅、袁翰青、高济宇、汪猷、田遇霖、赵宗燠、周发岐、顾敬心、钱钟韩、陈裕光

地质学：黄汲清、李春昱、张伯声

天文学：陈遵妫

考古学：贾兰坡、吴汝康

地理学：胡焕庸、翁文波、曾世英、陈永龄

农　学：金善宝、吴觉农

矿　冶：朱玉崙、谢树英

水　利：张含英、郑肇经、赵今声、林一山、汪胡桢

铁　道：金世暄

动植物学：吴征镒、张孟闻、郑作新、刘建康

环境卫生：过祖源

兵　工：陈修和

航　空：姜长英

市　政：赵祖康

遗憾的是，这些老人的录音，只有很少一部分被整理成文字，而且没有发表。时至今日，我已经没有精力将他们发表出来。

80年代中期，我在做口述之余，开始思考口述史的理论问题，陆续在几家杂志上发表文章，把我对口述史研究的实践和思考写出来。例如《中国口述历史研究的探索》（《自然辩证法通讯》1986年第4期）、《中国口述史学刍议》（《史学理论》1989年第4期），应台湾"中央研究院"（简称"中研院"）《口述史》杂志写的《我的"口述史"工作经验》（1991年2期）等。其中比较全面的一篇是《话须真实方传远　语必关风始动人——中国口述史漫谈》，发表在《学术研究》1997年第5期；《新华文摘》也发表我的《中国口述史学漫谈》（1997年8月）；2004年，应社科院《口述历史》杂志之请，我写了《呼唤中国口述史学腾飞》。最精炼的一篇是刊登在《中华读书报》（1999年5月19日）上的《口述史学的特点和方法》。2000年，法学所接受联合国的课题项目，要对中国受暴妇女进行口述访谈，邀我去讲了一周，后来整理成《妇女受暴口述实录》出版。

茅以升题字

　　台湾"中研院"近代史研究所口述史组秘书朱浤源博士，台湾大学刘广定教授、陈胜昆医生等，也陆续与我联系，互相交流口述史研究、科技史研究的资料，我由此知道了国外口述史研究的种种信息。刘广定教授与我联系至今，他的多才多艺和认真考据的功夫，让我十分敬佩。陈胜昆医生，是最早与我联系的台湾学者，赠我他写的专著，更认真提出来与我合作写一部中国近代科技史的书。可惜，我们尚未谋面，他就在1989年被台湾黑社会绑票勒索巨款，他以儿科医生为职业，哪有多少钱，就被撕票，从楼顶扔下来致死。惨呀！我也就失掉了合作的伙伴，也影响到我后来的研究方向的改变。胜昆在中国科技史研究方面，成果颇丰，特别是《科技中国》是大陆少见的一部弘扬中国科技文明成果的专著，图文并茂，读来有声有色，恰可为他的代表作。朱浤源博士1990年来北京，与我畅谈学术。我们还一起去访谈北京市副市长张友渔。

口述史研究的原则和方法，成为我后来研究工作的基石，成为认知实证的思想基础。后来我的口述史研究还有大进展，放在后面再讲。

四、探索中国工程师学会

在中国近代历史中，有一个历史悠久、人数众多、成果丰硕的学术团体，名为"中国工程师学会"。它在1931年由中华工程师学会和中国工程学会合并而成，到1949年拥有会员16717名。他们订有"工程师信条"，其中写道："（1）遵从国家之国防经济建设政策，实现总理（孙中山）之实业计划。（2）认识国家民族之利益高于一切，愿牺牲自由，贡献能力。（3）促进国家工业化，力谋主要物质之自给。（4）推行工业标准化，配合国防民生之需求。（5）不慕虚名，不为物诱，维持职业尊严，遵守服务道德。（6）实事求是，精益求精，努力独立创造，注重集体成就。（7）勇于任事，忠于职守，更须互相切磋，亲爱精诚之合作精神。（8）严以律己，恕以待人，并养成整洁朴素、迅速确实之合作精神。"他们也确实如此做了。在他们连载数十年的会刊《工程》上，密密麻麻记载着他们的思想和实践成果，都是当时中国所需要的。简单一句话，就是他们和中国科学社、中华学艺社、中央研究院等同仁一起，身体力行建构了中国科学技术的现代基础。

中国工程师学会会章

对这些工程师的初步了解，我也是依靠从旧书店淘来的关于他们的大量文献，特别是吴承洛主持编辑的《三十年来之中国工程》这部大书（京华印书馆1946年版）。书中记载了学会几十年各种专门工程工作情况和具体文献，包含二十多种不同专业的工程中的人和事。持有此书，我对自己的研究可以说是充满了信心，什么人在何时何地做了什么样的工作，全都是已经记录在案的。我拿着书去请茅老过目。他一边翻阅，一边说，这部书在1948年他当会长的时候再版。然后他鼓励我写篇文章来介绍中国工程师学会。我参照《工程》杂志，写出《中华工程师学会》一文。我将原稿交给茅老。过了一些日子，茅老叫我去，对我说：你这篇文章，《文史资料选辑》打算发表，但是上面有规定，文章的作者必须是亲身经历者，所以只能用我的名义发表。所以要同你商量一下，文章前面署我的名字，文章后面署你的整理；稿费也要你同我各拿一半，你同意吗？我点头同意。此文刊登在《文史资料选辑》第100期上。后来，

《中国科技史料》杂志（1985年第3期）用我的名字全文发表了。

　　研究中国工程师学会，自然要关注詹天佑，他的名字在中国可是家喻户晓，他修建京张铁路的事迹人人皆知。我自幼就知道他的伟绩，1950年在北京育才小学上学的时候，就有机会游览青龙桥铁路站，观察人字形轨道。在北京101中上学时，学校曾组织我们前往八达岭参观，车站上立着的正是詹天佑的铜像。我收集阅览詹天佑的相关文献，包括詹天佑纪念馆中的文献、台湾出版的《京张铁路工程纪要》，写成论文《詹天佑——中国现代化的开路先锋》。这个标题正展示詹先生的辛劳所表现出的时代意义与我对詹先生的敬仰之情。我在文中强调了詹天佑的时代重任、工作方法、开拓未来的历史成果。这篇文章被收入《詹天佑研究文集——纪念詹天佑诞辰135周年》中。

在詹天佑纪念馆

我顺着文献记载看到，詹先生当年带头捐款买下北京的一所院落，给中国工程师学会作为工作聚会之地。当年有个詹天佑的小铜像（今藏八达岭詹天佑纪念馆）树立在北京会址院子里。那么，会址是在城里哪儿呢？文献上写着"西单报子街76号"。50年代，为沟通城郊之间的联系，连通复兴门与建国门，报子街附近的不少建筑被推平。我约了詹天佑基金会李进和家父的学生刘晓华，一同前往西长安街上，一家一家地看过去。总算皇天不负有心人，让我们找到了，它正与现在的民族宫隔街对望。我写了篇文章《"中国工程师学会"会址寻踪记》，配上相片，发表在台湾中国工程师学会会刊《工程》第71卷6期上。相类，我还查找到当年的"工程师节"的来龙去脉、工程师学会设立的"中国工程荣誉金牌"的情况和九位获奖者（侯德榜、凌鸿勋、茅以升、孙越崎、支秉渊、曾养甫、龚继成、李承干、朱光彩）[1]的历史功绩。

---

① 1933年，中国工程师学会在武汉召开年会。上海分会提议，"本会为国内惟一工程同志组织团体，对于国内工程界有特别贡献之人物，为提倡起见，似应有予以荣誉奖励之必要"。第二年，董事会通过了关于赠给荣誉金牌的办法，规定"本会对于工程界有特别贡献之人，得依照本办法赠给荣誉金牌"。1935年的南宁年会上，经顾毓琇等人提议，审查委员会通过，学会把第一块金牌颁给侯德榜，以表彰他在制碱工业上的重要贡献。此后，这项工程学界最高荣誉陆续颁发过八次，获得者分别为主持陇海铁路和粤汉铁路的凌鸿勋（1936年），主持修筑钱塘江大桥的茅以升（1941年），主持甘肃玉门油矿开发的孙越崎（1942年），在国内创始制造柴油机及其他机器的支秉渊（1943年），抗战期间主持修筑成都等后方城市飞机场的曾养甫（1944年），负责修筑中印公路和铺设油管的龚继成（1945年），对兵器器材有重大贡献的李承干（1946年），完成花园口黄河堵口工程的朱光彩（1947年）。

五、中山实业计划研究

中国工程师学会的学术理念中重要的一条，就是实现孙中山实业计划。我努力搜集相关文献，从中获知，孙中山先生的实业计划，简直就是近代中国如何实现科学化、现代化的一条实践道路。要知道，在几千年的中国封建王朝历史中，生产力低下，从来没有一个领导人提出过全民族全国发展的计划，而孙中山先生第一次提出中国实现工业化的方案，其中虽不乏天真之念，但至今依然是全民族发展的一个标志。德国在1920年成立"国立经济委员会"，法国在1925年成立"国立经济委员会"；苏联搞的计划经济，1922年开始筹议，1928年开始实施第一个五年计划。孙中山的实业计划早出许多年，就像一个健康的早产儿来到人世间。我也很自然地被吸引进去，想看看近代中国这些有识之士，是如何思考、如何分析、如何实践，并全力为之奋斗的。后来我写成一长篇论文《中山实业计划与中国现代化》，发表在台湾中山大学《中山社会科学季刊》（1990年第4期）上。香港《明报》月刊以"调和资本主义社会主义的孙中山实业计划"为标题，摘要发表（1988年8月号）。我在文中写道：

中山先生勇而担此重任，构想实业计划作为中国建设的基本措施。他领导建立民国，自己又辞去大总统职务之后，就曾经提出建设铁路计划和全面利用外资的政策，开始为具体而细致的全面计划而尽心尽力。……孙中山以政治家的敏感，抓住第一次世界大战刚刚结束的时机，将他多年钻研的问题用英文写出来，即《国际共同发展中国实业计划书》。此计划的企图，是宣布中国有了一个全面战略发展实业的计划，只是由于中国缺乏资本、人才与方法，希望能够利用西方原来用于战争的力量，移到中国来开发与建设。这种愿望是可以理解的，但实际行不通，国际列强固然不会发此善心与善行，更何况中国内部军阀混战，缺乏经济开发的必要条件。

中山先生见其国际呼吁无效，毫不灰心，而是将希望寄托在中国人身上。他将以上计划书译成中文发表，即《实业计划》。他在1921年作序言，简直是面对全国人民大声疾呼。他在序言中强调了三点：一是国家实业建设的重要性，"此后中国存亡之关键，则在此实业发展之一事也。吾欲操此发展之权，则非有此知识不可。"今天听来依然掷地有声。二是中国进行实业建设的原则，"惟发展之权，操之在我则存，操之在人则亡。……庶几操纵在我，不致因噎废食，方能泛应曲当，驰骤于今日世界经济之场。"三是中山先生个人朴实的意愿，希望计划能不断发展进步，以实业计划本身"为国家经济之大政策而已，……当有种种之变更改良"。

中国千年历史所造就的帝王，将中华民族建筑在小农经济基础上，历来重礼仪而轻实业百工，形成一种封闭系统，以至孙中山先生以前的历代改革家，虽有改革的决心与行动，但总是跳不出窠臼，顶多做到的不过是对农业体制修修补补。以前亦从来没有一位国家领导人，为中国全面建设而提出战略性意见。孙中山冲破封建传统，开创新纪元，他在民族危亡之际，率领中国人民进行革命，创造了新的发展系统。他将实业计划摆在"中国存亡之关键"，其本身固然来自当时西方先进的思想，并且完全与中国旧传统背道而驰，这确实是一种革命者的胆识。历史已经证明他是正确的，是胜利者。历史也完全证明了实业计划的思想是极为重要的。

孙中山作实业计划的思想，其主旨必须再一次强调："此乃吾之意见，盖欲使外国之资本主义，以造成中国之社会主义，而调和此两种人类进化之两种经济能力，使之互相为用，以促进将来世界之文明也。"这种思想目前正在经受现实考验，企图调和两种主义，目前十分困难，但是承认此两种人类进化之经济能力，则是至关重要的，至少目前中外文明的重要的一部分，正是这两种经济能力互相为用的表现。

孙中山深知国际商战对当时中国的危害，但是中国人必须参加商战。所以在实业计划中，强调了引进外资的必要，还要引进人才。这是自洋务运动以来，许多爱国者所关切的问题。孙中山继承郑观应等人的见解，在强调必要的同时，强调一个原则，即"主权操之在我"。只有自主，才能使中国经济发展走上健康之路。

实业计划的核心意图，是为了全面提高中国人民的生活水平，它的范围很宽，包括工、农、矿、商、林、牧各业。作为一个政治家，只有这种认识才能得到人民的拥护，这一点的历史证明亦是太多了。……

孙中山的实业计划发表后，民众交口称赞之词不绝，但是怎么实施却长年几乎无人问津。这是因为：一来缺乏实施的政治、经济、人才等条件；二来计划中的各项都是原则性的愿望，缺少具体可行的措施与统筹的安排。故而一拖十年，几乎将先行者的心血变成空话。……1931 年，一大批中国工程师自发组成一个学术团体（在 1912 年詹天佑领导的中华工程师会的基础上），称为中国工程师学会。他们决定知难而进。他们首先成立"总理实业计划实施委员会"，内分十三个组，以有关民生国防急要建设为研究的总目标，并打算先准备一个五年计划，在国内人才可能的范围内，订出一套切实可行的详细办法。……最后由中国工程师学会总干事顾毓琇汇总，完成《工业建设纲要实施原则》九十一条。例如针对纲领第一条，有实施原则十四条，其中对于基本工作、目标、重点、条件、配合、补救、人力、组织、调查等都提出原则要求。此实施原则后来亦由政府公布。

在廿世纪初始的中国，封建帝国的形式被取消了，但是民众在庆幸之余发现，中国自身已处在动乱和贫困落后的地位，……致使每一个爱国者都痛感救国的急迫，也都按各自的理解和目标去救国，孙中山成为突出的代表。他在长距离的历史赛跑中，接过前人的接力棒，率领全国人民以飞快的速度完成了自己的跑程，实业计划正可作为一种标志。但是历史的赛程很长，没有一个人能够跑完。一批工程师接过中山先生的接力棒，又往前奔跑了一段路程。……中山先生的实业计划作为一个时代思想的文献，永远不可能完美无缺，……但问题不在于评论其优劣，而是在于每一个人所能做的添砖加瓦。一批科学家工程师，认同近二十年前的一份计划书，这绝不是一场儿戏，他们是在认真思索中国发展的前途，将自己所掌握的科学技术知识贡献出来，既不迷信，也不妄想，这是难能可贵的。

由于孙中山先生的引导，我的科技史研究，也就进入经济史与社会科学范围。

六、近代科普

茅老在 80 年代提倡科学普及知识后，我开始关注近代中国科学普及知识的状况。我收集、阅览了近代百余部科普图书，写成《科普——中国现代化的先导》。拙作将 1840 年到 1949 年百余年间的科普作品区分成五个阶段。

阶段	代表作
第一阶段：1840—1889 年	《海国图志》《博物新编》
第二阶段：1890—1911 年	《天演论》《上下古今谈》
第三阶段：1912—1927 年	《科学》（月刊）
第四阶段：1928—1937 年	《科学的中国》（半月刊）
第五阶段：1938—1949 年	"现代生物学丛书"

文章还介绍了这一时期主要的科普团体（如中国科学社、中华自然科学社、中国科学化运动协会等）、科普杂志（如《格致汇编》《亚泉杂志》《地学杂志》《科学》《科学的中国》《科学世界》《科学时报》《科学画报》等）、科普著作、科普文章、科普作家等（如合信的《博物新编》、严复的《天演论》、吴稚晖的《上下古今谈》、张钰哲的《地球之天体观》、李四光的《中国地势变迁小史》、吴宪的《营养概论》、杨钟健的《古生物学通论》、秉志的《竞存论略》、钱耕莘的《科学趣话》、高士其的《细菌与人》等），并将百年科普作品的桂冠献给院士朱洗和他撰写的"现代生物学丛书"（全八本）。拙作发表在台湾《科学月刊》（1992 年第 11 期）上面。

我在文中写下几条感想，其中一条是：

中国人对于现代科学的认知，从疑问、观察、仿效、讨论到试验、研究、应用，经过漫长的 100 年，科普知识正是必要的工具和方法。中国物质建设的现代化道路，科普长期作先锋。

七、中央研究院院士选举

1985 年 10 月，茅老给了我一份文献，那是 1947 年在南京，中央研究院为评议选举第一届院士而发布的公告，上面印着："兹经本院第二届评议会第四次大会依法选定第一次院士候选人，数理组四十九人，生物组四十六人，及人文组五十五人，特为公告如后。"茅老当年作为候选人，参与评选投票，这张表是他现场统计投票数目用的。他老人家在每一个名字上面认真地作"正"字统计，然后得出总数，我珍藏至今。后来公布的选举结果名单及理由如下。（仅列数理组和生物组，人文组从略）

数理组 28 人

姜立夫——数，圆与球的几何研究，主持南开数学系。

许宝騄——数，数理统计之极限分配、近似分配。

陈省身——数，微分几何、积分几何、积分与拓扑学的关系。

华罗庚——数，分析数论及方阵几何学。

苏步青——数，卵形论与投影几何，主持浙大数学系。

吴大猷——物，光谱及天文物理。

吴有训——物，X光的康波顿效应，主持清华理学院。

李书华——物，电极膜对于游子之选择透过性，主持平院。

叶企孙——物，磁学研究，主持清华理学院。

赵忠尧——物，伽马射线、中子吸收与散射。

严济慈——物，光谱、光压、应用光学等，主持平院物理所。

饶毓泰——物，光谱、电离、电子等，主持北大理学院。

吴　宪——化，蛋白质化学、营养、血液分析，主持协和生化系。

吴学周——化，多元分子之紫外光谱、分子、溶液等，主持化
　　　　学所。

庄长恭——化，性分泌素，主持平院药物所。

曾昭抡——化，有机合成及分析，主持北大化学系。

朱家骅——化，德国侏罗纪石灰岩。

李四光——地，中国地质构造发现第四纪冰川、中国地层及蜓
　　　　科研究，主持中研院地质所。

翁文灏——地，创立华南矿床分布、燕山运动等，主持地质调
　　　　查所。

黄汲清——地，二叠纪化石、秦岭、中国构造单位等。

杨钟健——地，禄丰恐龙、穆氏水龙兽等，主持地质调查所古
　　　　生物室。

谢家荣——地，煤岩学、中国铁矿床分布等，主持资源委员会
　　　　勘探处。

竺可桢——气，中国气候学等，主持中研院气象所。

周　仁——工，钢铁理论及制造，主持中研院工学所。

侯德榜——工，制碱研究，著《碱之制造》。

茅以升——工，桥梁应力之研究，主持钱塘江大桥工程之设计及施工。

凌鸿勋——工，中国铁路标准，主持陇海铁路修筑。

萨本栋——工，多相电路研究，著《电路工程》。

生物组 25 人

王家楫——动，原生动物分类形态，主持动物所。

伍献文——动，鱼类生理形态及寄生虫。

贝时璋——动，细胞学及实验形态学，主持浙大生物系。

秉　志——动，比较解剖学、昆虫学，主持中国科学社生物所。

陈　桢——动，金鱼之遗传及动物社会行动，主持清华大学生物系。

童第周——动，实验胚胎学。

胡先骕——植，植物分类、植物地理、古植物学等，主持静生生物调查所。

殷宏章——植，植物生长素研究。

张景钺——植，植物形态学，主持北大植物系。

钱崇澍——植，植物分类及生态，主持中国科学社生物所。

戴芳澜——植，菌类学及植物病理学。

罗宗洛——植，微量元素与植物生长量、碳水化合物代谢。

李宗恩——医，裂体虫病、线虫病、疟病、回归热等，曾主持贵阳医学院。

袁贻瑾——医，统计学及防疫学，主持中央卫生实验院防疫研究所。

张孝骞——医，胃肠病研究，主持湘雅医学院。

陈克恢——药，麻黄素及强心剂等之药理研究。

吴定良——人类，各族颅骨与体骨的比较研究，曾任中研院人
类学组主任。

汪敬熙——心理，内分泌对行为的影响等。

林可胜——生理，胃液分泌等之研究，曾主持协和医学院生理
学系。

汤佩松——生理，细胞呼吸、代谢等研究，主持清华大学生理
研究部分。

冯德培——生理，肌肉与神经之放热等研究。

蔡　翘——生理，神经系统之解剖及生理碳水化合物等研究，
主持中央大学医学院生理学系。

李先闻——农，小麦、小米、玉蜀黍杂种染色体之行动等研
究，曾主持四川省稻麦改良场。

俞大绂——农，蚕豆等作物病害等研究。

邓叔群——农，植物病理学、菌类学等研究，主持甘肃洮河
林场。

八、整理与研究 1607—1911 年间中文科技书籍

研究中国科技史，仅是访谈老人是不够的。我看到科学史所的
朋友林文照、戴念祖、华觉民等在一科之中，引经据典地说得清清
楚楚，而我的优势不在任一科中。那么，我该选择什么样的课题来

研究呢？幸运的是，我买到一部蔡元培、胡适、王云五在1937年编纂出版的《张菊生先生七十生日纪念论文集》，内有周昌寿先生写的《译刊科学书籍考略》，罗列了从明末至1936年所出版的中文科学书籍。其中，在明末列出24位来华人士的译作，在清朝列出468部，在1936年列出7门学科共495部译刊科学书籍的书单。这让我大喜过望，心想，这些书籍不算多，我到图书馆里翻翻看看，不就可以走马观花，略知一二了吗？于是，我跑到北京图书馆柏林寺分馆①翻看。先查卡片目录，找到对应的一本后，我习惯翻看前张卡片和后张卡片，结果发现有相类的书籍并不在目录上。越来越多，我就开始自己做卡片记录。结果，从1607年徐光启与利玛窦合作翻译出版《几何原本》开始，到1911年，中文的科技图书竟然有1942部之多。我拿着卡片去找林文照。我说："你看，我已经统计出这些卡片了。你们有谁是研究这个的，拿去吧。"不料他把眼一瞪，说："你说什么？你给我坐下来写论文。"我说："你这不是赶着鸭子上架吗？"他说："你是鸭子也得上。"无奈，我只好回来不断翻看这些书（自己也买到一部分），看多了，慢慢就看出点问题来。我再分门整理，按照时间顺序排列，把每一部书都按照书目程式排好，就开始尝试写论文。第一次写完后，我拿给林文照看，他给我直率地指出错误点。就这样，反复五稿，总算勉强可以了。但是投稿又成了问题，我先是给本院的院刊，但领导拒登，理由有二：一是文章超过1万字，院刊规定，发表论文不准超过1万字；二是院

---

① 1955—1987年，北京图书馆在柏林寺（今东城区雍和宫大街戏楼胡同1号）设立第二阅览部，常被称为"柏林寺分馆"。

刊只能刊登关于北京的研究成果。幸好，那时候，在20年代曾留法勤工俭学的盛成教授[1]，从美国回国定居。盛老曾为中法文化交流做出贡献，法国政府曾授予他勋章。他与家父早年就认识。我就告诉他老人家，我的论文如此这般。他说：你给我吧，我给你拿到法国去，那里的华人办有中文杂志。后来，果真在欧洲华人学会主办的《欧华学报》（1987年第2期）上发表了我的第一篇公开论文《从近代科技书籍看中西科学技术的交流》的正文部分。而1942部书刊目录，则在台湾清华大学主办的《中国科学史通讯》第6期（1993年6月）上开始连载，直到第11期（1996年4月），共分六期连载完毕。前些年，我偶然重看拙文，心中十分懊悔，如果让我重写，可能会写成一部专著。

不久，原国家科学技术委员会（简称国科委，1998年改为科学技术部）副主任武衡约我写一篇关于近代中国科研机构的文章。我提出只要能够出我去南京第二历史档案馆查档案的路费就可以，他答应了。南京第二历史档案馆藏有大量民国时期的政府档案。我重点查看资源委员会档案、中央研究院档案等一手文献，回京写成《国民党政府统治时期的科技机构人员、主要成就及其特点》，发表在《民国档案》（1987年第3期）上面。

---

[1]　盛成（1899—1996），江苏仪征人，1919年留法勤工俭学，1928年在巴黎出版自传体小说《我的母亲》。1930年代初回国，先后到北京大学、广西大学、中山大学和兰州大学执教。1948年到台湾大学任教。1965年到美国定居。1978年回国，1985年获法国政府授予"法国荣誉军团骑士勋章"。

九、沉睡的三部曲

1984年前后，我完成三篇长文章。一篇是《中国发明专利简史》。从工程师前辈们的事迹中，经常看到他们的发明创造，并且有发明专利编号，于是我好奇地从专利角度搜罗文献。我到过国家专利局去查询，结果一无所获。我大惑不解，工作人员悄悄对我说，"文革"时旧专利档案被付之一炬，全部烧光了。没有办法，我只好以吴承洛先生当年的文章为基础，从各种相关书刊中一一寻觅，其中抗战时期的文献真是难找。文中罗列了自清政府1904年公布"商标注册试办章程"以来，到1948年共1000余项发明专利登记，其中不乏国际级的专利成果。其间伴随着1924年商标局的设立、1932年实业部公布"奖励工业技术暂行条例"及相应的奖励发明的政策，这些措施大大促进了中国近代发明家们的热情和劳动。我好不容易找到这些资料，写成文章，约有8万字，单位帮忙用原始的中文打字机打印出来。但是我始终找不到愿意发表拙文的刊物，原稿至今还在我的书柜里睡觉。

另一篇是《近代技术在中国》。我当时准备写中国近代技术史，收集了造船、铁路、桥梁、水利、市政、化学、航空、电气、机械、测量、试验、标准、专利、工程师学会等方面人员和成绩的资料。写成后呈给茅老审查，希望他老人家写个序言。茅老说眼睛已经不行，让我代写。我写了，给茅老过目，获得同意。其中写道："本文还阐述了中国近代生产力发展的史实，从中总结各种经验。特别是中国科技工作者的爱国热情、拼搏精神、实干作风、科学思想、工作方法、培养人才的方式，以及学会组织、学术传统等等。

这些经验，对我们今天进行四化建设无疑是有参考价值的。"只是此文的发表，依然一春鱼雁无消息，沉睡至今。而我写技术史的计划也就中止了。

还有一篇《近代中国的"标准与标准化"与中国现代化》。我认为"标准化"是国家"现代化"的重要环节，便搜集了近代关于标准化的多种文献，写成此文。我无处发表，就拿给中学同学李志民看。他说，你的稿子留给我看看吧。我留下给他，自己都忘了。2011年冬，中国标准化杂志社突然来电找我，说要发表我这篇文章，还问我修改不改。我回答，"一字不改"。此文总算全文发表在《中国标准化》2012年1月号上了。

总之，茅老的指导让我开窍，在寻觅一手文献的基础上，向上百位老人学习后，我开始力图实事求是地做学问。那时候，还没有电脑可用，只能一笔一笔地手写，这种苦难是非槛外人所能道的。我算是熬进去了。

十、文献学的学习认知

1985年，柳树滋调到北师大哲学系任教，他主持一个讲座，就叫我去讲讲"关于查阅和调查研究的一些方法"。为此，我用上了从前在图书馆所学习到的入门知识，检索、搜集近代的文献学书籍。读了一些书后，我逐渐明白，文献学其实是做学问的入门基础。中国文献学有着数千年的演进史，但能够看到的多是关于文献的理念、结构，而缺乏对学习利用文献的方法的介绍。王国维的名言："古今

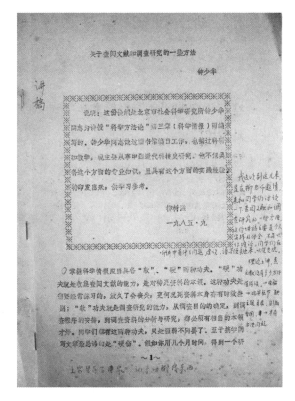

1985年"关于查阅文献和调查研究的一些方法"
的讲稿

之成大事业、大学问者，必经过三种之境界。'昨夜西风凋碧树，独
上高楼，望尽天涯路'，此第一境也。'衣带渐宽终不悔，为伊消得
人憔悴'，此第二境也。'众里寻他千百度，蓦然回首，那人却在灯
火阑珊处'，此第三境也。"确实念起来、想起来都美妙得很，但是
只可意会，不可言传，更难以明白实现的方法何在。我看了《图书
馆学》《图书分类法》《目录学》《文献学》等书，上面全是中国古
人、西方人讲的相关理论、规定、原则等。例如培根说过："获得真
知识的主要障碍有四：盲从前人之说；已知之惯性；通俗的见解；

038

不甘处于无知的地位。"说的都很对，但是很少有人告诉读者该如何学习、用什么样的学习方法、自己需要的关键文献该如何找到。我利用了口述请教的方式，请教了几位教授，请他们讲讲他们检索文献的经验，于是我得到如下的指教。

地理系教授周廷儒："（对学生）先指定参考书，定时讨论几个问题，谈个人想法，老师作结论，再下一轮。还有跑野外实地调查。"

生物系教授汪堃仁："我的文献不成问题，全是从电脑终端机来的，课题很新，设备与钱也不成问题。困难在材料，来源不纯，外围的实验全要自己做。一两年过去，还没有做到本题，师大生物实验基地没了。"

中文系教授钟敬文："学习文献学在于勤奋，不怕麻烦。有如爬山，登高峰最难。"

中文系教授启功："我的方法叫猪跑学。从目录查起，实用地解决一个个困难，查音韵、查人物、查典故、查古地理、查宗教等。每一周用一张稿纸，以文言记录所学，学写作诗词，或拿一段古文作标点等，作为作业。不考试计分，学生每周作业，缺一次算不及格。"

政治经济学教授陶大镛："我叫研究生每周必须看新书目。"

天文系教授肖兴华："了解动态，认清前沿问题，是谁在前沿。分解问题，调研分析问题，做成模型，然后组成工作方案。总之，尖端自然科学课题，关键是赶上时代，要有敏锐思维，又要有清晰的物理图像。"

校长、数学家王梓坤："研究生不是大学生，要以研究为主，自学为主。第一步，一年至一年半，指定权威难度大的书，要研究生自己看；第二步，专题研究，老师要起作用。课题要没有人研究过的，才有意义，并且要在两年内用非常大的努力才能够做到的。参考文献要自己找，穷年累月地去看。数学论文完成后要自己反复验证，想混过去是不行的。"

首都师范大学数学系教授梅向明："看书已经晚了，关键在学术谈话中获取信息。"

他们的教导，让我茅塞顿开。我写成一长篇讲演稿，在五百座教室讲了。我强调的是工具书的重要性和使用方法、调查研究的功夫。我真的领略到许慎的话："略数其要，明其所指，序其微妙，论其大体。"

1988年，重庆建筑工程学院（1994年升格为重庆建筑大学，后并入重庆大学）邀我前往讲"中国史学方法"。我借鉴了王尔敏教授《史学方法》一书的理念，按照自己做科学家口述史的经验，结合阅读近代史学著作所得，汇成"中国史学方法讲稿"。

2003年，我的《学问之途》在北京师范大学出版社出版。我拿去请启功老爷子题签。他审阅后，很高兴地签了。拙著在1985年、1988年讲稿的基础上，记录了自己从文献学所获得的知识与方法。我在"开场白"中写道：

方法应该是令人聪明的学问，现代人要想聪明就应当掌握方法。……近年中国思想界推出了许多方法论或论方法的巨著长文。我在拜读之后，往往有无所适从之感。检查原因，除了我本人接受能力较差、有些方法"论"得云山雾罩之外，根源在于我更关心如何使用方法。因此拿他们之"论"，不能很好解决我之"用"。因此，我在这里讲的，可称为实用方法，也即我自己所想、所做的实践体验，不足以作理论，由同学们去听、去思考、去试验、去反驳。因为我们都相信，解决问题的是人自身，而不是方法概念，方法是使用的工具。

目前，各具体科学有各自的方法，社会科学方法、自然科学方法、历史研究方法等等。各学科所用的方法之间，有相似之处，也有不相通之处。这本来是可以理解的，由此而给方法分类也是应当的。但是产生画地为牢的副作用就不好了。分类本来就不是定律或公理，如果强加给别人就更不是科学了。学问本身深广无边，唯物论者、唯心论者、给戴上各种主义的帽子者，都可以在其中用各种方法打滚翻跟斗，优哉游哉。就拿史学来说，古人有言："史无定法"。关键是"定"不下来，但是一定的有倾向的约定俗成的"规则"还是存在的。例如文学就允许随意想象、意识流之类；而随意想象的史学是不能被接受的，史学要经受历史的考验，史学方法同样也要经受历史的考验，这也算一条规则吧。……将现代科学方法与传统方法互相渗透，理想好，实现不易，因为还有一个人际关系在中间。……

在人类知识发展史中，中国学问具有独特又悠久的名声。仅是几千年来中国文化的积累效应，作为我们民族的光荣与负担，真是太沉重了。……我们去学习与研究学问，我们也就构成学问中间的一部分。因为作者与读者都必须至少从思维方面进入具体学问表象中。那么，学问方法的特色是什么呢？我们先初步探索一下。现代任何一个人，即使具有大型电脑，一生的光阴也不能看完人类知识所留下的海一样广博的资料；更何况从看完到研究清楚，中间还有很大的距离。所以目前学问研究者中的绝大多数，实际上仅仅是寻找小部分资料，按个人的意图串成某种系列而已，毫无神秘之处。差别仅在于，聪明的训练有素的头脑加上勤奋的手脚，就可以串成精美的令人赏心悦目的传世图案；而缺乏良好训练加上懒惰的作风，则会糟蹋人类知识。六十多年前，一位美国历史学家作过一个形象的比喻：想象我们面前有一堆玻璃碎片，大小、形状和颜色各不相同，要求我们把这些玻璃组成一大片玻璃。于是产生两种办法：一是将全部玻璃放入炉中熔化后，再凝成一片大玻璃。在这块新玻璃中，拥有玻璃的本质和这些碎玻璃的整体特性，但丧失了原碎玻璃片的形态特色和个性。这种方法普遍可用，可以重复试验，可以总结出某些定律，这正是自然科学研究的一般方法原则，也是社会科学常用的方法原则。另一种方法，是将碎玻璃片连缀起来，拼成一块五光十色的玻璃片，每一小块玻璃的个性在这复杂的整体中依然存在，而且这新拼成的大玻璃亦表现出新特效。这种方法正是历史科学常用的方法。

研究学问的初步，不外乎由两方面组成：一是研究者从知识海洋中所收集的资料情况；二是处在现实中的研究者本人的观念。……自然现象的千姿百态，人文环境的千奇百怪，人与自然间的恩怨纠纷，构成了多少学者研究的学问啊！因此，研究学问的方法，也被决定只能从三方面着手。

注视具体学问中的资料问题。……我的体验和对各位的建议是：建立个人主题文献库，以此作为研究的基础。（不要误认为今天的网络数据库就是自己的主题文献库）

注视研究者的学术观念。……我们都应该自己问自己：在自己选定的研究课题内，已经有了什么样的观念？怀疑什么？肯定什么？追求什么？与潮流比较可能对或错的又是什么？想到但不用顾忌犯错误否，而是下功夫去提高自己的观察能力、分析能力和综合能力，在课内外、生活间隙中，都能体验和思考。例如不妨在小范围内互相问答，考察自己的观念是否经受得了验证，以及辩驳的能力，其中包括诡辩。为的是严格训练自己的逻辑思辨能力，最基本的要求是自圆其说。自圆其说是做学问的基本条件之一，阿Q在临枪毙前画个圈，虽不圆，但也就符合条件了。

注视研究者与资料之间的问题。……明朝思想家王阳明……的目标是做圣贤，他的资料是竹子，面对竹子坐了七天七夜，什么也没有"格"出来。你如果想从资料中"格物致知"，同样要有下功夫的方法。也就是说，在你本人与你的资料及别人的资料之间，是有着千丝万缕的联系，甚至荣辱与共。你如果选择资料得当，驾驭资料得当，你就会与资料相得益彰，读者亦会认可。如果相反，哪管你写成几万字的一篇大论文，里面的资料堆积如山，但只要其中有一处"硬伤"——或是立论证明有伤，或是资料矛盾，或是资料与作者间有矛盾——你这篇论文就算报废了，非大改不可。这里面是没有人情可讲，没有后门可走的。中外学问传统几千年，曾经产生许多伟大学者和传世著作或产品，没有一个人能够回避以上三方面。

…………

简单总结：将零碎分散的知识原料，依照一定的方法，整理成系统的自圆其说的知识系统，并且要有创新精神者，是为学问。

就这样，文献学成为我做学问的基础，利用至今，越用越倍感亲切，不再是在沙地上建筑楼阁了。

第三章
姜椿芳—百科辞书研究—百科思想和百科方法

一、研究清末百科辞书

姜椿芳先生[①]，现在网上就能够查到他的生平、成果，而我认为其中最重要的是，他在70年代末80年代初，领导并身体力行地编辑出版《中国大百科全书》，这是中国文化建设的新高峰，规模堪与明朝的《永乐大典》、清朝的《古今图书集成》相媲美，内容则应该说是更上一层楼。因为它的眼光是人类知识的荟萃，它的条目编写、编辑是当时中国各个学科的带头人的贡献，它的体例是与世界百科全书接轨的。虽然今天与其他一些国家的百科全书比较，多有不足之处，但是它的公允性、科学性是及格的，成为中国当代文化建设的标志之一。

在80年代初，为编纂百科全书，姜老周游于各学科的老专家之间，认真吸纳老人们专业的肺腑之言，因而，也就经常来到我父亲

[①] 姜椿芳（1912—1987），江苏常州人，翻译家、教育家，曾任《中国大百科全书》总编委会副主任、大百科全书出版社总编辑。

家，与家父畅谈。而我跑旧书店时，就注意到一些不属于"经史子集"类的线装书，其中有些像是辞书，有些像是资料汇编，我好奇地叮嘱书店老师傅们给我搜一些。好在这些书没有什么人关注，价格也便宜，于是陆续收集到一些。我恰好看到姜老为《百科知识》杂志1979年创刊号写的发刊词，上面说："中国过去非但没有出版过完整的百科全书，而且连百科全书这一名称也没有。"而他编的是中国第一部百科全书。我感到好奇，时不时就翻阅手中得来的不入专家"法眼"的书，慢慢琢磨，后来看出点名堂。特别是1911年，东吴大学中文教习黄摩西[①]编辑出版的《普通百科新大辞典》，线装两函16册，共有21436条带有外文的条目（我自己按照目录一一统计出来的数字），分为63种学科，厚厚一摞。其中居然有许多19世纪以来的不同学科的新知识，而且条目形式清晰准确，有一些还与外文对应。这显然是一部百科辞书。有一天姜老来家中与家父谈话间隙，我捧着这部书上前给他看。姜老接过来翻看后，并不像一些大官那样打官腔，而是亲切地对我说：这是一部百科辞书，你是有心人，能不能给我写点文章？我接下任务，把此书分析再三，结合查找到的黄摩西的材料，写成《中国近代第一部百科全书型的工具书——〈普通百科新大辞典〉》[②]，发表在《百科知识》（1983年3月刊）。拙文总结了《普通百科新大辞典》的四个特点。

---

① 黄摩西（1866—1913），江苏常熟人，在清末被学林称为一代奇人，中国近代百科全书型的工具书《普通百科新大辞典》的编纂者。1901年东吴大学正式成立，被聘为汉文教习。
② 此文标题在今天看是错误的，因为在《普通百科新大辞典》出版之前就已经有中文百科辞书了。

钟敬文与姜椿芳

文章发表后，姜老还邀我前往他们出版社新址叙谈，并让我专门做一次专题报告。我开始对这个少有人关注的课题有点信心，于是接着在旧书店搜罗，写出第二篇。不料，《百科知识》不肯再发表了（无理由退稿）。我并不气馁，相反，我只是感觉到，我的研究还很不到位，一是近代辞书掌握得不够，二是我对辞书的认知尚不足。我更加仔细搜书，并琢磨这些工具书的来龙去脉，为什么会在清末出现这些工具书？西方的工具书何以影响中国？辞书为什么要写成条目形式？条目本身的意义是什么？条目的组合体现出什么思想？条目的来源是什么？条目的中文撰写的特点是什么？撰写条目的意图是什么？随着我搜到的清末出版的辞书越来越多，我决定，不再一本一本地介绍了，而是全面综合地介绍清末出版的百科辞书。当然文章也就只能综合地写了，于是许多理论性问题接踵而来，我也只能尝试着自己求解。

寻觅这些清末出版的百科辞书，真是不易。因为这些书不入大多数现代"权威"之眼，即使在目录书中也难见到它们的踪影，更不见研究的论文，即使是在旧书店里，它们往往也是被打入另类。我只有硬着头皮，进一店问一声，在一堆堆烂书中翻看。如果一时看不明白，就买了再说。好在当时这些书价格都比较低，我甚至还能再砍价，于是买到一部就高兴一阵子。买到几十部以后，发现民国时期有更多的辞书出版，于是继续买下去。这些百科辞书，形式上各种各样，有西方人在中国编纂的，有日本人编的被翻译过来，有中国人自行仿效编纂的。比较起来，还是《普通百科新大辞典》最佳。我很想了解黄摩西编百科的知识来源，因为他是没有出国学习过的。我曾到苏州大学（东吴大学是苏州大学的前身）请教，钱仲联教授[1]提供了一张黄摩西与东吴大学美国同事们的合影。我只能猜测黄摩西是得到美国同事的帮助。要不然，何以解释他能掌握63门专业知识？何况是相当新的近代科技知识，还是概念式的判断用词。

早在黄摩西之前，就已经有中国学者开始宣传百科全书的重要。马君武博士在1903年写道："《百科全书》亦绝大一纪念碑也。……人民多读而受其思想之范铸者。因是知国家、真法律之性情及道德上之自由，信公理而不信真神也。"[2]1907年，严复写道："百科全书者……正译当曰智环，或云学郛。盖以一部之书，苞罗万有，举古今宇内，凡人伦思想之所及，为学术，为艺能，为天官，

① 钱仲联（1908—2003），初名萼孙，以字行。祖籍浙江吴兴，生于江苏常熟。苏州大学终身教授。长期致力于中国古典文学的教学与研究，学问淹博，著述等身。其著作大体可归为笺注、选学、论说、创作四类。
② 《唯物论二巨子（底得娄、拉梅特里）之学说》，《马君武集》，华中师范大学出版社，2011年，第83页。

为地志，……学者家置一编备考览，则不出户可以周知天下。……
夫岂特馈贫之粮，益智之囊已哉！惜乎，吾国之《图书集成》，徒
为充栋之书，而不足媲其利用也。"[①]上海约翰书院教学、钦点译科进
士颜惠庆也在 1907 年写道："百科全书者，……一切科学之大成，俾
从事于诸学者，知所率由，得所归宿。盖书为西国所仅见，尤为中国
所罕闻，而实不可少焉者。"

　　前辈们的评论，更加引起我浓厚的兴趣与疑问。到底是什么原
因，在清末短短十几年间，涌现出几十部百科辞书？要知道，中国
古代没有编纂出版过百科全书，中国古人的工具书，大多数是类书
性质。明朝开始出现的类书，清末出版多种。类书与百科辞书有什
么根本的区别？我不得不翻阅大量旧书，也翻看当代学者研究 19 世
纪末 20 世纪初的论文，其中有我欣赏的见解，也有我不赞成的见
解。多见多问多思，慢慢梳理好几年，才有点眉目。就说类书与百
科辞书的区别，粗看是难以区分的，特别是清末出版的，因为它们
的体系与分类雷同，也是西学知识和中学知识罗列，用词也是引经
据典、简明扼要。只有细看，才会发现其中的区别，那就是类书的
编纂思想与百科全书不同，主要体现在条目上面。例如"日"字作
条目，类书就会将中文古籍上用到"日"的例句，大量编在条目下
面。因为它是供古代文人查询作文时引用的，即如"太阳是'三足
乌'"之类全有，并不考虑科学性；而且一词多解，让读者难以适
从。而百科全书里的"太阳"的条目，只能是科学的知识解释，尽
量达到社会的公允性，因为这是给当代人查询用的。

---

① 　孙应祥：《严复年谱》，福建人民出版社，2014 年，第 256 页。

香港中文大學

中國文化研究所學術講座

《清末百科全書研究》

（普通話）

講者　　　　鍾少華先生

　　　　　　北京社會科學院

　　　　　　歷史研究所研究員

日　期　　　一九八七年十二月十一日（星期五）

時間/地點　10:30 am　　茶點招待　　　本所119室

　　　　　　10:45 am　　演講開始　　　二樓會議室

1987年在香港中文大学讲演"清末百科全书研究"海报

事也凑巧，1987年，我第一次到香港中文大学讲学。事后，中国文化研究所所长陈方正问我："你还有什么想讲的？"我就说："清末百科全书。"于是，他安排一间会议室让我去讲。我一进门，看见会议桌前主持人的位置上，坐着台湾"中研院"近代史研究所的王尔敏教授。我真是没有想到。早在北京时，我偶然读到王教授的几篇论文，文中的注释方法，堪比陈寅恪前辈，是注里加注的，密密麻麻，让我十分拜服。现在无可闪避，只好如实将自己所见所思一一道来。讲完后，王教授给了我三句评论：史料很新，思想方法很新，很有成果。（后来他回台湾，还将他的几部著作寄来赠我，我得以仔细学习）我这才感到有如一块石头落地。我专注于百科研究，但在大陆似乎没有什么人做这个课题，我不知道"辞书"是否也可以研究，现在王教授给予肯定，我就如一块石头落地，可以放心做下去了。接着，我就将第一篇关于近代辞书研究的论文《清末百科全书初探》交给他们，后来发表在香港中文大学《中国文化研究所学报》（1987年第27期）上面。我意犹未尽，接着写《清末百科全书新探》，再度发表在《中国文化研究所学报》（1990年第30期）上面。

就这样，我开始了自己摸索出来的一个研究课题和方向。百科全书是中国人面临新时代所产生的新文化工具，是中外文化交流的见证，意味着极度丰富的知识信息，蕴含着太多前辈的辛劳编纂，产生了许多中文表述的新概念和新方法。因为研究百科全书，我学会从目的与范围、权威性、可靠性、客观性、及时性、编排和查阅等视角判断一部工具书的优劣，不知不觉地进入文献学领域，后来更升华至哲学的"概念性"研究等，具体进展将在本书后陆续介绍。

当年我在演讲中，用了三句话做总结：

> 聪明的人经常查阅百科全书；
>
> 自满的人忽视轻蔑百科全书；
>
> 愚蠢的人自以为是百科全书。

二、"东方的百科全书"条目问题

改革开放后，中国大百科全书出版社与美国不列颠百科全书公司签约，翻译出版中文版的《简明不列颠百科全书》。双方约定：其中凡是有关中国部分的条目，由中国方面派人另行撰写，并编入书中。这是中国文化建设中空前的大事。遥想近代中国的第一大辞书迷杨家骆教授，他的父亲在清末就力图独立翻译辞书，但终难以成功。杨教授则自己成立中国辞典馆，自己主持，日夜操劳，编纂出版好几部大型辞典。到1985年，终于能够集中力量，借鉴西方的百科全书，让广大中国读者受益。可惜的是，当我读到书中的"东方的百科全书"条目，发觉其中的表述有不少常识性的错误。于是，我写了一篇《〈简明不列颠百科全书〉中"东方的百科全书"条目商榷》（《北京社会科学》1990年1月号），指出条目中常识性的错误六处，并罗列出清末出版的几部百科辞书。

三、百科思想与百科方法

（一）百科思想

"百科思想"这个专门术语，是我在 1990 年的文章中首次针对传统的"经世思想"而提出的。自从沉迷于近代百科辞书的研究以来，除了寻觅近代各种各样的百科辞书以外，我一直在思考：这种文化工具在近代涌现，是一种什么文化新意图？可能是必然的发展趋势吧？我慢慢尝试判断，就形成这样一段话："百科文明史能像一台扫描仪器，将一个时代的人类文明，区分层次、类型，区分高下地通过扫描凸现。它也像一个指路标，努力指向真理的方向。它更像一个勤劳的裁判，对学术上真善美与假丑恶的区分，简直一目了然。它的研究功效，既突破旧传统思维模式，更深究新思想及新方法。"

我有这样的想法，源于《大英百科全书》中"百科全书"条目激发的思考。这一条目里居然写出了 16 条人类对于百科全书的认知，把百科全书史的理念全盘端出来。这样的理念，让我十分信服，也就不由得继续进一步思考，这么多精彩的理念应该是独树一帜的，能不能用一个专用词将它们概括？我就用了"百科思想"这个词。我思考的背景是 20 世纪行将过去，人类知识已经大幅度地丰富发展，同时两次世界大战给人类带来惨痛的血泪教训。一些人利用知识为人类造福，一些人则利用知识为人类造难，根源多是在于无节制的疯狂的贪欲。我就有了很幼稚的想法：人类当务之急有三：人类要重新安排人类和自然的关系，绝不是谁战胜谁的问题；人类要重新安排人类间的各种关系，绝不是谁战胜谁的问题；人类要聪明地安排知识体系。

对于第三个看法，中华民族在 20 世纪是有着切肤的体验的。在头十年，中国书生还沉浸在封建的知识系统中，后来开始吸收转变，基本上形成与西方同形式的知识体系；到了 50 年代，苏联的知识体系模式影响了中国，其后遗症至今依然在发酵。明显的毛病就在于各专门科的分类过于琐碎，虽然研究者能够在一小门内钻得较深，但横向关联上则难以创新。现实中获得实际成效的，绝大多数是多学科互相协助、互相推动而成功的。就以"认知科学"来说，那就是在哲学、心理学、语言学、人类学、计算机科学、神经科学等学科的融合中，产生的交叉科学门类，而且日见需要，日见成效。我们如果还守着每一个人的一亩三分地，互相间老死不相往来，那就太蠢了。

我所说的百科思想，有十个特点：

（1）百科思想是各单科思想的综合，是一种大综合，兼容并收，形式上与单科思想、几科思想相对立，实质则指向人类文明进化的途径。

（2）突破传统思想的牢笼，追求知识的真理，通过建立一个一个时代的"知识台阶"，去逐步逼近人类所需的真理。

（3）一种新型工具思想，并不是传统的机械工具思想，而是也可以思想的新工具，供读者用以认知客观世界和人类思维的优势，还要使用方便。

（4）能够清算过去的旧思想，毫不含糊地淘汰不合时宜的、繁琐的旧思想，旗帜鲜明地介绍文明的新成果。

（5）要求尽可能准确、科学地撰写条目。这是与古代习惯下撰写的八股文式的模糊又残缺的常识观念不同，要求撰写人高度掌握现代知识。

（6）面目一新的知识内涵的梳理与界定，必然带来学习态度与方法的根本改变。

（7）百科思想需要使用一种人们普遍接受的、不过分偏激的通俗的语言来表述，使启蒙思想和启蒙活动有了根据，并使之活跃。

（8）百科思想的社会效果是成为一种文化标准答案和一种批判的武器，既丰富了人类的认识观，又改善了人类的生活。

（9）扩大了人类对于文化财富的自豪感，人类有理由和有方法使人类更聪明。

（10）知识分子和劳动者通过百科思想，更明确本身在社会与历史中所负担的时代责任。特别是对于全面知识体系的建构与追求上，为自己的时代建构民族、国家或人类的"百科知识台阶"。

以上十条，是我在二十多年前写下的，今天还作如是观。我这样的思考，还有一层现实的愿望在其中，那就是现代世界上，以"思想"命名的类型是不可胜数。一个人的时间和能力都有限，而在我们的眼前，就明摆着前辈所提炼的有着具体成果——百科全书——的百科思想，已经提供一种公允的对于各种有名的思想的分析和介绍，每一个读者都可以从中作出选择判断。然后，各人带着判断或疑问，在自己的"知识平台"上体验，一代又一代，上升到一个又一个新知识台阶，这应当是一个可行的进步的认识思想的方案吧。

我愿意尝试，并且在这几十年的思考中，依然天真地琢磨着。

（二）百科方法

既然有了百科思想，我就继续琢磨应该有百科方法，后来写成一篇《百科方法：人类知识脉络的启示》，发表在《清华大学学报》（2001年第3期）上。我将百科全书作为知识平台的认知整理如下：

（1）公允的知识含量；

（2）精确知识的普及；

（3）一个条目是一个知识单体；

（4）一个时代的知识认识；

（5）筛选过的知识量；

（6）和谐的宽广的知识面；

（7）检索知识的工具；

（8）知道本百科全书之优势及不足；

（9）借鉴和比较的工具；

（10）指引思考的工具。

然后我提出两条探索的途径，一条是"纵向探索——连缀两千年来百科全书的知识积淀"，即从历史学视角出发，第一步是把"每一部百科全书都看作一个知识平台"，每一部都是人类文化的精华。第二步则是"连缀各个百科知识平台"。司马迁有一个伟大的理想："究天人之际，通古今之变，成一家之言。"如果我们将"天"理解为宇宙自然界，"人"则为古今人类，那么，从古至今，成一家之言者岂止万家！只是将此万家捆绑在一起，也并没有达到他的理想。这难道不应该促使我们另辟蹊径吗？追寻司马迁的理想，也是追寻人类知识的途径，连缀的百科知识平台，可能正是这种途径之一。这样做的方法，一来正好展示人类知识的大荟萃及发展的阶梯，从中既可以把握人类知识发展的总状况和总趋势，也可以单独选择某意识形态集团或某商业集团所设定需求的知识丛，全看连缀者的意愿。二来就会形成现代社会的知识网络系统，提纯其中海量的知识概念，而且有可能优化掉杂乱的、过时的、错误的常识。目前的网络世界中，已经显现这种可能性。

我所界定的"人机知识平台"这个概念，并不是"人脑＋电脑"的机械相加，而是有准备的头脑中的知识平台和信息，与电脑中的知识平台、信息和网络，互相合作而产生的。从理论上讲，任何知识单体内涵、任何知识单体间的关联状态、任何宗派团体的知识平台的优劣、任何个人知识的状态、人类知识结构或人类知识发展脉络等难题，都能通过人机知识平台进行探索。这些难题之间有过的矛盾、争议、交叉点、互相渗透，特别是多学科间的模糊专题，相信也能够因人机知识平台的运作，而获得过去难以达到的效果。

当然，获取知识的途径并不全在人机知识平台上，还可以利用传统知识平台。包括：（1）尽量搜集更多的第一手资料。（2）田野实证调查作业与电脑作业相结合。（3）深化自己的思维能力，从多学科途径中尝试置换思考，而不再囿于纯粹单学科的思考方式。（4）广泛交流学术信息，只是信息恰当与否的判断权在自己。（5）描述的笔法，能够比较清晰准确将自己和他人的认知表达出来，让读者获得判断的空间。笔者无权做读者的教父，只能争取做读者的朋友。

至于"百科方法"的探寻，我并非第一人，西方的我不知道，中国的第一人应该是杨家骆教授。早在1945年，他在继承其父紫极府君对狄德罗百科全书的研究的基础上，总结出百科方法的六条特点：

我曾对狄岱麓百科全书胪列其方法论的基本观念的六个特征如下：

（1）包括其时间限制内所有的知识与经验。因为所有的知识与经验和全宇宙的每一物、事、象、念，系一不可分割的整体。

（2）然人类因寿命环境和脑力官能的质量限制，在认知与序列时，不能不有一先后次序。类系既不全可靠，于是选用按命题命名的文字符号为次序。

（3）在这种次序中，为使不泯灭第一项所称之"整体"性，在每一命题命名之下，除述其所代表之物、事、象、念外，更涉及其物、事、象、念之相关命题命名，循此辗转寻求，类系各面，均可明见。

（4）各物、事、象、念因循其命题命名辗转配合，有如一物质投入他体而成新体一样，新的物、事、象、念因以构成，此为再创造之重要过程。

（5）怕人为"凝固的主观"所锢闭，提倡自由主义，此书即为一自由主义式的著作，而自由主义亦遂为此书之主要意感，但此意感是奖助意感的自由发展，非限制意感于此意感之中，故无其他意感之流弊。在这方面我们与其说他的成功，是一种思想，毋宁说他的成功，是一种方法。

（6）囊括一切知识与经验，删繁就简，撤去阶级、文字、类系的藩篱。即从工具方面说，质量俱佳，排列有序，省下无限人的精力与时间，以为再创造之力的源泉，即此一端，亦非他体书之所可及。

简单说，我心目中的百科方法所希望对应的研究目标，就是人类知识。我思考的"人机知识平台"，能够作为探索人类知识脉络的工具而已。

第四章
汪向荣与谭汝谦—中日关系史研究—时代关系

　　在"文革"期间，有海外关系的人很容易被戴上"里通外国"的帽子。我的户口本上写明我是"自香港迁京"的，父母都是 30 年代留学日本的学者，所以我一直听声就怕，唯恐一不留神，就已经被框进去了。但是自从决定做科技史研究以后，深感北京现代科技资讯贫乏，想在书店看到点介绍新科技的图书很困难。恰好父亲在日本的老朋友实藤惠秀教授①，与父亲通信往来了。我大起胆子，经父亲同意，用中文写信给老前辈，说自己需要一些全面介绍现代科学技术的工具书。承老先生不弃，不但几次给我回信，还动用他的养老金给我买了好几部大书寄来。其中有一部关于现代新式武器的图片书，我收到的却是中国海关的通知，说是不准进口，予以没收。后来实藤老前辈到过香港，却没能到北京，也就没能够与家父再聚。只是冥冥中这段因缘，给我打开了看看中国之外的窗口。

---

① 实藤惠秀（1896—1985），1949 年起任早稻田大学法学院及教育学院教授，著有《中国人留学日本史稿》《中国人留学日本史》。

汪向荣

一、研究中日关系

80年代初期，中国中日关系史研究会（后改名"中国中日关系史学会"）成立，集合相关学者研究中日关系。谭汝谦[①]从香港来到北京。他来拜访家父，我们就认识了。他与实藤惠秀教授关系良好，与林启彦合作翻译了实藤惠秀的代表作《中国人留学日本史》。该书以详实的史料，展现中日近代文化交流的种种，也给80年代中国开展中日关系研究开了个好头。汝谦兄还主编出版了《中国译日本

---

① 谭汝谦，1941年生，美国玛卡莱斯特学院历史学教授，研究领域：日本史学、中日关系史、东西文化交流史。主编《日本译中国书综合目录》《中国译日本书综合目录》。1968年起与林启彦合译《中国人留学日本史》。

书综合目录》和《日本译中国书综合目录》这两大部基础工具书。这是很耗时费力的基础工作，却给我们的研究带来便利，这让我十分佩服。谭先生拉上我一同去拜会汪向荣先生[①]。由此，我就得到了他们两位的巨大帮助。1984年，中日关系史研究会成立大会在人民大会堂举行，我陪同家父前往，在会上见到许多早年留日的老前辈，如林林先生、赵安博先生等。

与谭汝谦在广岛合影

汪先生热情地邀请我参与中日关系史研究。我说我还不会日语，而且研究的重点在科学技术史。汪先生说没关系，一定要我参加。

①　汪向荣（1920—2006），祖籍上海青浦县，1944年毕业于日本京都帝国大学，1978年起在中国社会科学院世界历史研究所工作。多年从事古代中日关系和日本古代史的研究。

我只好点头答应了。阅读汝谦兄和汪先生的著作之余，我去旧书店搜集了许多近代中国人写的关于日本的著作。不知不觉之间，我渐渐有所感觉：中国和日本这两个邻居，实在积淀了太多的恩怨情仇，而双方都不断有人在试图清理这种纠缠不已的关系，却也是困难重重。汪先生的家族就是典型的案例。他的叔父汪荣宝（1878—1933），1901年赴日留学，回国后参与过预备立宪的工作，民初做过议员，1922—1931年担任中国驻日公使。1908年松本龟次郎教授来到北京教日语，与汪荣宝先生交往颇多。^①有这样的渊源，当汪向荣先生在1940年由上海到日本求学时，松本教授已经主持东

竹内实与谭汝谦

---

① 松本龟次郎（1866—1945），日语教师、语言学家。1903年起在日本接收清朝留学生的弘文学院任教。留学生中有鲁迅。1908年，受邀成为京师法政学堂（后为北京大学）的教习。1912年回国后创办东亚高等预备学校（后改称东亚学校，位于东京神田神保町）。1930年，松本到中国考察教育，对日本的侵略进行了严厉的批判。

亚高等预备学校多年。当松本先生得知老友后人来到学校学习，就主动来看望。这样，也就给了汪向荣先生深入学习的机会。而他们的学术友情一直持续发展。我注意到，汪先生对中日历史上的交往事件考证特别严谨，与关西学派一致，有清代考据派的遗风。

在80年代，中日关系史研究会经常邀请来华的日本学者举行演讲会。我觉得是一个难得的学习机会，于是尽量去坐在后排旁听。听得多了，就听出点名堂来。首先是日本学者对学术问题的专业精神，不同的人讲不同的问题，但都是认认真真，用词造句都是专业性的考究。其次，是日本学者对一手文献的重视。这也就激发了我自己去搜寻第一手史料。日本学者引用文献和表述的能力，更让我眼界大开，成为我学习的标杆。日本学者中的一位先生——竹内实教授[①]，更加引起我的注意。他前后好几次来演讲，先是用日语讲，由我的老朋友过放（当时调任外文局）翻译，凡是遇到翻译不准确的地方，竹内先生就自己用中文来说明。我才知道竹内先生的中文是如此之好。所以只要有竹内先生演讲，我一定争取去，每次都坐在后排听。我对先生知识的广博、用词的精确和治学的认真，更是佩服之至。

1987年，谭汝谦邀请我到香港中文大学演讲"中国近代科技史的考察"。这让我除了紧张地准备外，又让我的思绪飞回童年的1947—1949年春。那时，父亲在中山大学任教，却上了国民党当局的黑名单，只好一人匆匆前往香港。母亲随后带我和妹妹，从广州石牌中大教工宿舍来到香港。下火车后，我们搭了一辆卡车，三人

---

① 竹内实（1923—2013），出生在中国山东，1942年回国，1946年考入京都大学文学系中国文学专业，后任京都大学教授。20世纪50年代起，致力于毛泽东生平和思想的研究，被誉为日本"毛泽东学"的权威和"现代中国研究第一人"。

香港中文大學新亞書院/歷史系

聯合主辦

《 新亞明裕訪問學人講座 》

北京社會科學院歷史研究所研究員

鍾少華先生

主講

中國近代科技史的考察

一九八七年十二月三日（星期四）
下午二時三十分
新亞書院人文館105室

國語講述　歡迎聽講

1987 年在香港主讲"中国近代科技史的考察"海报

挤在司机室里，看着荒凉的海岸山石，真是害怕极了。等来到青山墟里一间药材铺，全家才得以团聚。父亲就在青山墟靠山边的香港达德学院任教。那儿原是蔡廷锴将军的私宅，叫作芳园，1946年他拿出来供共产党使用，创办达德学院。学校里多是左派的学者和愿意革命的年轻人。我曾去过学院宿舍，倾听学生们欢乐的歌声。有一次，母亲带我到学院大楼前，那天来了许多名流，有柳亚子，有郭沫若和他的儿子郭汉英、郭世英等，有郑振铎、茅盾、曹禺、黄药眠，以及电影《一江春水向东流》的主要演员。他们在小小的空地上舒畅地谈话、合影。轮到郭沫若、柳亚子和我父亲合影时，我躲到松树旁边去了。我也记得曾到住地不远处的一座小教堂，同牧师的儿子游戏，我清楚地记得教堂石墙上布满青苔。而我的大部分时间，是在香港仔①的务实中学附小读书。每周乘大巴到大钟楼下来，换乘轮渡过到香港岛上，再换乘大巴到香港仔，周六再回到青山。父亲的朋友陶大镛住在学校旁，我得以享受陶先生和牛姑姑的照料。我在学校刚学会英文字母和两首印尼民歌（其中一首是插秧歌，可以用英文唱，也可以用中文唱。至今还能哼唱），1949年5月，我们全家以到北京开会的民主人士的身份，乘一艘英国客货轮，经仁川到天津，再转北京。在船上，母亲与郭沫若的夫人安娜交往颇多，我则在船头与郭汉英、郭世英等游戏。从此，我们就变成北京居民了，只是我的户口本上依然写着"自香港迁京"。

谭先生对我十分关照，安排我住到中文大学山顶。当我呼吸到久违的清凉的海风，眼见蓝天白云在海面上映照，心情仿佛全然变

---

① 香港仔，位于香港岛南区。

换了。我将我访谈的那些前辈科学家的录音和幻灯片，展现给阶梯教室中的学生们，心中的言语汩汩涌出，居然没有怯场。也是在这次演讲后，我结识了香港中文大学中西文化研究所所长陈方正教授，见到仰慕已久的王尔敏教授。

我在香港的时候，在四年前就开始与我通信的陈胜昆医师，连续打 7 次电话来，很希望能够来香港与我会面，继续畅谈我们以往通信中提过的合作研究计划。可惜由于签证问题，他终于没有能够前来与我会面。在我临离开香港时，胜昆给我寄来一点钱，让我买一台双卡录音机带回北京，方便我继续做口述史的访谈工作。

二、《早年留日者谈日本》

汪先生出版过与日本有关的专著 12 部，他时不时会来电话，邀我到他的旧宅中去聊天，给我讲他对中日关系研究的见解。我也乘机请教，了解东亚这两个近邻之间千余年间的恩恩怨怨之余，尝试着从近代两国之间学人交往的角度去理解。

我父母都是在 1934 年留学日本，父亲对我说过："你要想了解中国，你就得去日本。"机缘巧合，1994 年，我到日本学习进修一年。回国后，受我的导师竹内实教授的启发，我拿出录音机，决心为一批早年留学日本者留下口述史记录。我先同汪先生商量，他很是赞成，立即讲述起来。他一共讲了八次，很清楚地说出他在日本的经历、与日本友人的来往，等等。得到他的鼓舞，我继续拜访了汤佩松（中国科学院院士）、柳步青（北京医学院教授）、林林（中国人民对外友好协会副会长）、钟敬文（家父、中国民俗学会主席）、赵安博（中共中央对外联络部副部长）、朱绍文（中国社会科学院经济研究所研究员）、陈辛仁（中国对外文化交流协会副会长）、丘成（中国社会科学院哲学研究所研究员）、米国均（中华人民共和国首任驻日临时代办）、肖向前（中日友好协会副会长）、贾克明（北京军区总医院内科主任）、邓友梅（作家）、马巽伯（马裕藻之子，童年随父母留日）、杨凡（北京师范大学教授）等曾经留学日本的人士，最后整理成一部口述史书《早年留日者谈日本》，在1996年由山东画报出版社出版。后来由泉敬史先生和谢志宇先生翻译成日文，在日本出版。

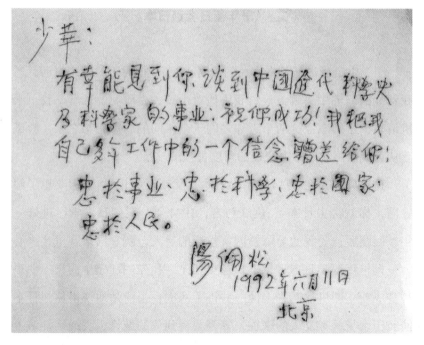

汤佩松题字

我在《早年留日者谈日本》后记记下我的思路和进行口述的情况：

虽然人人都说真理是清楚的，我也惟恐落后，故把自己也算进坚持真理的队伍里。当十年前，汪向荣先生、谭汝谦博士把我硬拉进来研究中日关系时，我实在是不知深浅，无奈下水的。很突然，竹内实教授邀请我在 1993 年去日本做一个客座研究。一年时光，我就浸泡在日本文化中，自然我可以吹牛说有"大大的收获"，但我自己的问题没有解决。只是在研究方法上，我倒觉得应该换个角度和手段。一般说来，人文研究方法分两大类：规范性方法和描述性方法。中国多数学人及汉民族传统，历来弘扬规范性方法，被称作"喜鹊文化"是颇为贴切的。但是我们民族吃这种思维方法的苦头也太多了，特别在我们面临现代化的 21 世纪，仅用简单的相对性概念判断或好或坏，是不足以研究如此复杂的重大问题的。所以，我鼓吹描述性方法在现实中的运用。描述性方法丝毫不神秘，它是从文化人类学角度，对主观思维和客观事物，先不要忙做判断，而是虚心地描写研究对象所有特征（绝不仅是部分对自己有利的特征）。在能够描述清楚之后，自己和别人都可以共同认识之后，才有办法考虑哪一个特征是正常，哪一个是不可避免的毛病，而哪一个又是非除去不可的病态，等等。建立这样的全民族描述性的认识基础，何患什么香风、臭风侵略我们头脑？日本人在描述性研究方面，放得开手，有丰富的成功经验。

这似乎讲得远了，但这就是我要访问这些老留日者和出版这本书的原因。我在日本接触不少中国年轻留日学生，也接触一些日本人，我深感他们之间的喜怒哀乐，是中日文化交流的现代形态，但能否说得清楚呢？我回来向老留日者打听，他们一开讲，我似乎发现了一个宝库。于是，我拿出了我干过的老本行——口述史学，我打开了录音机，收录了他们沉静但又充满激情的言语，再用近一年的时间整理成文字稿。

这次我访问的老留日者共18人，整理成文字的共14人，其中年龄最高者为93岁，录音最长者为9盒带、28000字。读者能够从他们饱经沧桑的面容上想象，他们曾经为中日关系做出了什么样的贡献。可惜读者没有能够同我一起聆听他们的描述和呼声，这既是过去时代动荡的反响，又是今天理智的教导。文字要比声音苍白得多，哪位读者想听的话，录音带目前是在我的手中保存，可以同我联系。至于内容的价值，我可以肯定是同档案等值，是第一手资料，这是口述史学规定好了的，读者尽可以放心使用。读者很容易就会发现，内容同目前赚钱的"报告文学"很不同，因为里面没有虚构的情节。那么会不会有差错？有的，正像文字档案也差错很多是一样的。尽管每一篇口述稿都是经过本人核对过的，也还是不免历史的时差在做怪，以及我能力的不足而造成的差错。反正在我的观念中，"口述史学"和"口述文学"是两个不同的范畴，不容搅浑。

关于口述史学的主体访问方法，那是我在实践中摸索出来的，与西方传统的口述史学方法有所不同，即不是一个人一个人地讲从小到老的经历，而是围绕一个主题，请一些相关的受访者来谈。本书正是这样的成品，是主持人和受访者合作的成品。近年来，一些书籍自称是口述历史，我也不想一本本去查对，我这里只想提出两个作为判断"口述历史"的标准：一是凡称口述历史书者，应该有录音带，可以公开利用；二是编口述史书者，应该证明自己的史学能力。这两条欢迎大家使用。回想我在十几年前，开始搞口述历史，那是茅以升院士叫我搞的，访问中出的洋相可多了。到1987年，我已经访问了上百位老人，才从一位美国博士生那里得知，我搞的工作居然有个专用词叫"口述史学"，在国际上是一种专门的历史学科，有各种工作原则和手段。

相比之下，日本人在用口述史方法来收集、研究中日关系方面，那是要早得多、丰富得多。本书中就提到实藤惠秀教授的工作，他在战争中，为了他研究多年的中国留日学生史，依然四处访问老留学生。虽然没有录音机，还是记下许多珍贵口述史料。我在本书中所做的工作，我自己有时感觉就像是在继续实藤惠秀的事业罢了。仅以此遥敬实藤博士在天之灵及为中日和睦相处、共同发展而付出心血的人们。

我能够编著成这部书，首先是和这十几位老人的愉快合作，我们促膝对谈，一时娓娓道来，一时又会心大笑，当然也有争论。没有他们如长辈般的教导，我是做不成功的。谨在此对他们所代表的真诚的老一代中国人，致以深深的敬意。其次，我这次用的录音机是台湾学者李貌华所赠，照相机是香港朋友吴达先生所赠，工作经费是我的童年朋友张小云教授所赠，他们都鼓励我能够为中国口述史学出一点力，在此也表示谢意。我还荣幸第得到日本竹内实教授写的序言。他一生钻研中国和日本文化，他的关照，证明了他对现代中日交流的深一层的注视和寄托。按照中日礼节，我都应该向竹内实教授深深鞠躬致谢。最后还要说明一下，我在这十个月的时间中完成此书稿，大部分用的是零碎休息时间，交错进行，没有影响我写其它论文和一部理论书稿。当然这就给家庭里添了许多麻烦，真是无可奈何的事。

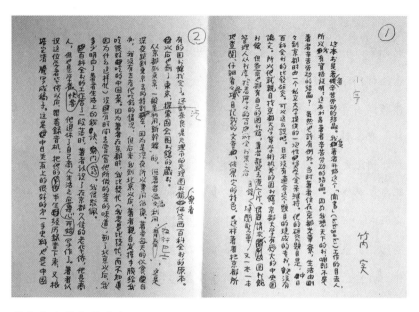

竹内实为作者写的序

竹内实教授在给拙作序言中则写道：

这本书是著者辛苦劳动的结晶。我是著者开始这个"闻书"（口述史书）工作的目击人，所以我有资格证明这一点。当时著者住在京都光华寮，靠一个私立大学提供的一次性奖学金来维持生活。他的研究题目是"中日百科全书的比较研究"。日本没有适合这个题目的现成的专书，也没有论文，所以他就亲自到京都大学等学术机关的图书馆查阅有关资料。京都大学有庞大的中央图书馆，各系也都有自己的图书馆，他都跑遍了。图书馆管理人员从书库抱来厚厚的百科全书，他一本一本地查阅，体察它们的特色。他还到奈良县天理市的天理图书馆查看法兰西百科全书的原本，到东京探索国会图书馆的藏书。……

百科全书的工作快要告一段落时，著者认识了在京都久住的老华侨李迺扬先生。李先生是商人，同时也是学者，他从商务工作中退休后，开始专心写作。著者认识李先生后，带着录音机去访问，把他的半生经历都录了音，写成了文章。这是中日关系方面的第一手史料，也是中国近代史的很好的材料。中国的近代史（不仅是中国）有许多空白的地方，以前的近代史可以说是伟人、名人的近代史，是以伟人、名人的言论、著作、生涯、活动来写近代史。当然，我们需要这样的近代史，我本人也从这种近代史书籍中学到了许多东西。但，我现在觉得这种书中缺少了些什么。究竟缺什么，我还说不出来。

"闻书"能不能当作史料，我不敢下结论，但起码它是史料的一部分，并且是重要的一部分。司马迁著史时，也跑到各地访问当地的故事、传说。我想那个时候如果有录音机，司马迁一定会带着的。"闻书"由于是讲话人凭记忆讲述，所以可能有记忆不确、想法不对的地方，这个不确、不对也是一种史料，这种失误也能折射历史，可能也是历史的影子，但还是"真实"的。历史的真实不一定靠着全面完善没有一个错的史料传下来的吧。

到过日本的中国人何止上面所提到的李迺扬先生一位。我从前听到一位中国人这么说：我在中国看见这些日本人，而到日本又看见这些日本人，觉得完全是两样的（本书中也有一位讲到这么个感想，但我是亲耳听到的）。这句话虽然很短，但令人深思。那么到过日本的中国朋友到底有何感想？这还是一个空白。这本书之难得的理由之一是把这片空白之中的一部分填补了些，并且很有价值地填补了些。再说一个"并且"：很有道德性地填补了些。我说的道德是从东方文明之所以可贵、所以能贡献给世界文明的角度来说的。我很敬佩地拜读了这本书所收录的每篇文章。除了作者，我做了第一个读者，觉得十分荣幸。

"啊，这位先生经历过这样坎坷的路程！"如果读了这本书的哪篇文章，我想读者会自然地发出这样的感慨。历史是不能离开个人经历的，而且，历史的大道路和个人的路程有割不断的关系。本书的每篇文章都可以说明这一点。

我也很敬佩著者，从人选开始，接触、约定、录音、起稿、誊清、讲话人过目、发稿、校正……到终于成书为止，每一段工作都不能含糊大意。我觉得著者像在京都时乐意自己做饭菜自己吃那样，把这个构成整个口述史的每一篇文章精心做好。可能这就是许多先生愿意对着录音机讲的原因。从第三者来看，这里面有着人和人之间的信赖关系，也许更有对历史共同负责的责任感。但，这样讲似乎太严格了，还是归纳为人和人的信赖关系为好。我衷心祝贺这本书的诞生，衷心向著者和讲述者表示敬意。

竹内实教授作为导师，对我的工作和方法，给出了生动具体的描述，并且在最后，将口述史工作升华到"对历史共同负责的责任感"和"人和人的信赖关系"的层面。这也恰恰是汪向荣先生和谭汝谦博士给予我的期望，成为我不断进取探索的动力。

第五章
贺麟—哲学—思辨与实证的学习运用

一、贺老的叮嘱

贺麟（1902—1992）先生在清华大学就学时，就是吴宓教授的得意弟子，1926 年留美专攻哲学，回国后在北大、清华等高校讲授西方哲学史，参与开创中国哲学会，新中国成立后被分配到中国社科院哲学所工作。贺麟是学术界公认的研究黑格尔哲学的权威，成果累累。

我从小对哲学命题的玄妙充满好奇，听老朋友讲些难懂的苏联哲学名词，更是如丈二和尚摸不着头脑，也只能是知趣回避。到80 年代后期，我研究科技史已经入门，也就更没有想到与哲学知识有什么关联。有一年，我自小称作舅舅的石兆棠[①]先生来北京开会，

---

① 石兆棠（1909—2005），广西柳江人。1932 年中山大学毕业。1934 年赴日本东京帝国大学哲学研究院学习。1943 年在广西大学任教授、图书馆主任、总务长，开讲哲学、政治学等课程。1955 年 2 月后任广西省教育厅厅长，1978 年任广西大学副校长。著有《石兆棠文集》（共四卷）、《科学概论》、《科学方法论》等，其中《科学概论》最早于 1942 年由桂林文化供应社出版。

贺麟

拉我前往拜访贺老。贺老和蔼可亲，我后来又几次拜访，都只是出于好奇。但有一次，贺老突然对我说："少华，你能搞哲学。"当时我吓了一跳，连忙回答："贺老，我做的是科技史研究。"贺老笑眯眯地看着我说："不，不，你能搞。不信，我给你个条。"他果然拿张纸，拿笔在上面写道："钟少华能搞科学哲学"。我被老先生的激励打动了，糊里糊涂地回家后，贺老的音容笑貌却总在我脑中浮现。无奈之下，我只好考虑如何能够学一点哲学知识，好向他老人家交待。80年代书店里的哲学书籍，不是学习苏联哲学体系的，就是哲学名义下的政治书。我要是啃进去，那只能是自找苦吃，恐怕连术语的解释都看不懂。我习惯性地想到，按照清末科技史书籍的寻找方式去试一试，即是去看看清末的哲学书籍情况如何。我同时从两个角度找书和看书：一是到北京图书馆，老老实实地坐下来查目录和看书；一是到旧书店搜购旧哲学书籍。好在那时候旧哲学书的价格比其他书还要便宜一点，我去上海出差时也淘到不少。陆陆续续我看到和买到数十部清末出版的哲学书。有原著在手，我就有勇气了，在做卡片之后，开始尝试写论文。在对比了当时其他一些学者所写过的中国近代哲学史著作后，我发现了问题。在寻觅中国古代没有"哲学"这个词后，我追根溯源，"出中文圈"到其他文明传统中寻觅，渐渐明白西方的哲学可以追溯到公元前的古希腊，17世纪初西方传教士来到中国，西方哲学也跟着传入，但中国人似乎不太重视。1873年，日本学者西周在译介西方哲学著作时，把philosophy译为"哲学"。之后，"哲学"出现在中文里。搞清楚了源头，我还必须关注"哲学"在清末所形成的影响和成果，中国的思想家们对西方哲学的内涵与系统有什么样的见解？是怎么样学习和运用的？有什么样的哲学译著？这些清末哲学概念与术语含有什么样的认知？清末涌现的哲学思想和方法对于我们民族的思想演进又有什么样的影响？等等。幸好这些书籍比较清晰易懂，没有多少"斗争"在里头，我也读得兴趣盎然。用了两年多时间，我总算写出一篇论文——《清末中国人对于"哲学"的追求》，有3万多字吧。我先是投给我院院刊，回答是太长了，不刊登。我只好又是"里通外边"，给了台湾"中研院"文哲研究所《中国文哲研究通讯》，在1992年第2期上发表了。刊物寄来，我正打算给贺老送去，不料噩耗传来——贺老去世。我心情一下子掉到了谷底，中国一代大哲学家离去了，我再也见不到他老人家的笑容，听不到他老人家的叮嘱了。

《清末中国人对于"哲学"的追求》分为八章："问题的产生"；"从Philosophoa到'哲学'"；"清末'哲学'的义界与系统"；"清

末哲学的概念特色";"清末的'哲学'方法";"清末哲学家的介绍";"清末'哲学'与时代";结论。文中引用了大批清末一手文献,并且直言自己对哲学所引发的一些问题的拙见。我在结论部分提出十条,这里仅引三条:

(5)中国人为什么会从众多译词中选中"哲学"呢?两千多年前,苏格拉底就强调了"爱智者"与"智者"的区别,而中国一直没有"爱智"这观念和方法。中国人只承认"天生的"智者,要中国古人去"爱智",就会有超越孔圣人的"狂妄野心",实在危险。那么,当"哲学"一词出现时,中国当时爱智的人,觉得可用,而且少一个"爱"字,读写方便;而一些并非爱智的人,更不愿突出"爱"字,以免有"爱智学"和"厌智学"之别。大家中庸的结果,就一致采用了"哲学"。以日本从中国学去的概念所凝聚的新词,来统一在中国的"洋鬼子"所企图塞给中国人的其他译词。呜呼,中国的"哲学"!

(6)"哲学"一词的产生和运用,是东西方文明交融的结晶和范例,是伟大的成果。东西方人有了共同的探索思维进步的武器,既非"你吃掉我",也非"我吃掉你"。东方古代哲理自有其光辉的彩虹,西方哲学也还是闪耀着理想的光芒,只是它们之间长期不相干。当"哲学"词出现时,东西方的思想隔离墙便倒垮了。至于倒垮后出现的思想矛盾,是正常的,不应由"哲学"担负责任。

(10)贺麟先生在(20世纪)40年代写道:"西方哲学之传播到中国来,实在太晚!中国哲学界缺乏先知先觉之人,及早认识西方哲学的真面目,批评地介绍到中国来。这使得中国的学术文化实在吃亏不小。这不能不怪中国人的精神生活太贫乏，对于西人精神深处的宝藏，我们缺乏领略掘发的能力。我们在文化方面，缺乏直捣黄龙的气魄。"

贺老的话，于我有如当头棒喝。他一生的学术追求，就是直捣哲学的深邃宝藏。他更是敢于明示，我们民族文化的大缺陷，就是"缺乏领略掘发的能力"，"缺乏直捣黄龙的气魄"。这使得我终身受教，激励我不断学习和进取。

贺麟题词

二、认知思想变了

完成第一篇哲学论文后，我的认知思想完全变了，视角也变了。虽然我是跟着一百多年前关于哲学的基本教材学习的，但是哲学的思辨精神和逻辑方法已经融入我的理念中，简直有如让自己生长出能够翱翔在学术天际的翅膀，禁不住想要尝试展翅一飞，一探学术的精髓。当然我也知道，我的初步入门，在那些专讲矛盾的大家看来，有如小儿科的游戏。但是游戏的想法恰恰鼓励了我，无需去向当前的看不懂的"哲学体系"苦苦哀求，而是抱着天真的念头自由翱翔。我按照自己的老办法，从第一手文献入手，接着写下去，一边领略前人的思想成果；一边比对当代人的妙论，虽然比较吃力，但是兴趣总在心头。

接着，我又写出《论清末的科学哲学》一文。这自然是针对20世纪末期，中国思想界关心起科学问题、哲学问题，以及科学和哲学互相关联的问题。笔者在文章中写道：

笔者认为科学与哲学作为两门学科，不过是人类智慧的亲兄妹，她们之间没有你死我活的矛盾。在人类历史及生活中，从来不存在不用脑子的实验科学家，也没有不承认科学成果的思辨哲学家。他们只不过在追求真理的道路上，各自使用不同的治学精神和方法罢了。 人类的文明发展史完全证明了这一点。……清朝末年的人并不一定深刻理解科学哲学的巨大威力，但绝对不轻视，而且认真学习。反倒是九十年后的今天的一些人，总是将科学视作当时文化中的附庸，将西方哲学视作洪水猛兽，将中国传统经学视作万灵金丹，将科学哲学一笔抹杀，将自己不懂不知的史实用减法减去，不理睬其在历史中的地位，这才是使笔者十分失望的。至少，这种落后于时代的观念，不能叫做历史唯物主义历史观，更勿论其妨碍了中国现代化的进程。……

汪奠基先生讲得好："人类科学哲学表现，完全为一部系统精神，能够表达这部富有精神的画帖，就是科学哲学的历史演述。……科学是人类的功绩，科学哲学是科学分析的组合，科学哲学史是科学史的分析。……科学哲学史的目的，不在乘人类思想顺流而下，而在能乘长风逆流而上。遇一层河底的暗礁，就是一步科学历史的停泊处；其隐藏的力量，能专助河流的急奔。……无历史哲学的科学，即无科学真理的精灵。科学思想的美备，须待科学哲学的解释；这种解释的满足，又须科学哲学史的预备。"中国近代科学哲学史当然是一幅美妙的画帖，也是中国人走向现代化的一种工具。

这篇论文，其实主要只是梳理了近代中国所涉及科学哲学的文献而已，但这也显示了历史文献的威力。

三、认知"知识"定位

我学习到一点哲学知识后，不由得就想起年轻时候一直好奇的问题："知识"是什么？如何才能主动地学习到知识？据哲学书说，哲学体系中有一类就是知识论，我找来几本看看，并没有解决我的问题，于是我自己尝试思辨：首先，在人类认知上，"知识"是在什么样的位置？我按照自己的判断，利用前人思辨成果，写成论文《试论"知识"之定位问题》，后来收在拙著《学问之途》中。我在文中开头就写道：

人类的历史，就是人类不断追求知识的历史。以现代为例，现代知识的总量，对于一个人来说是太多了，多到用一辈子的时间也学习不完。但对于人类来说，知识的总量则是远远不够用，更何况还有许许多多人类所未了解的未知知识。最典型的例子就是一百多年前就有人提出人类知识上的七个谜：物质与力的本性，运动的起源，生命的最初如何发生，自然界是否是有计划调整的，单纯的感官感觉的起源，理性思维及言语的起源，意志自由问题。一百多年间已经有多少人为之动脑筋、做实验、打笔墨官司，至今所获结论还是很少的。……

现代年轻人都知道一句名言："知识就是力量"。这是现代公认的格言了，流传于世上有三百多年了，但是是否将此话挂在书桌前就能够实现？明显不能。一个人承认这句话是一回事，实践这句话又是另一回事，怎么实践这句话达到最佳程度更是另外一回事。一个人愿意掌握力量于世上，这是普遍公允的，为此就必须学习知识。而如何学习和学得如何，才是第一步；接着就必须将知识转化成力量，而如何转化和转化得如何，是很关键的第二步；然后还必须了解知识力量的效果，实践效果才是真知的检验标准，而实践效果也是有检验标准的。但是，我们不能因此而判定"知识"本身有善恶之分，"人类知识"是不能对人类行为负责的，而我们每一个人则是人类行为中第一个组成部分。现代儿童在社会的熏染下，常常将他眼中的别人，先作"好人"或"坏人"的区分，进而才愿意学习"好人"教导的"好知识"，排斥"坏人"所教导的"坏知识"，对于"不好不坏人"所教导的"中间知识"，则采取半信半疑的学习态度。这样做的后果是将人类知识来一个切割再封闭，使一代又一代的儿童受害无穷，从学习态度和方法到知识面的协调都残缺破碎。而我们在社会上遇到这样知识结构的人难道还少吗？

人人都需要知识，知识也需要人类去发展，这是没有什么问题的。问题在于什么是知识，什么不是知识，怎么能够掌握有用的知识，则经常难倒求知的人。因为困难就在知识的定位上。面对各种知识单体，经常是一个人自行规定是知识或非知识，或者还是听由别人代为规定是非，这样就使得知识反倒变得扑朔迷离，令人无所适从。例如，知识内容中有教人为善的，也有叫人学坏的，也有"不好不坏"的。因为按通俗一点的说法，人类社会中实践的人际关系，总结出来的道德经验就是用"善"和"恶"来区分的。既然现实的人都有各自的善恶判断标准，很自然就有"理论家"来按照他们的善恶判断标准来教导信徒们，很容易就将知识整体也人格化。当我们想识别这样的指导者时，还可以注意到一点妙处，即他们全部声称他们是在教人为善并且除害的，他们全部声称他们是在"替天行道"的，也许左手为善，然后右手除害，对于不信者是天打五雷劈。至于善恶标准是他们口中说的，知识变成戏法一样。当有人问他灵不灵时，他就会回答只要看信徒们的丰功伟绩就够了，一个个善如绵羊，但杀坏人绝不手软。读者相信吗？我是不相信的，因为其实他玩的把戏在于掌握善恶标准的解释权，只要全世界人民都统一在他说了算的标准下，何患大同不至？可惜的是，这是玩不转的。我们人类知识的进步，正昭示着知识的未来。

…………

总结笔者对于"知识"定位的看法，依前述也简单概括为如下几句话：知识之特质——体验与思想的结果。观察与实践——知识之途径。观念，知识之单位。信仰，知识之结晶。思考，知识之源泉。回想，知识之保存。信息，知识之触角和载体。

知识之范围：知识是常识中的精品，精确知识是知识中的精品。

叙述的知识——一事一物之近因——零碎片断无组织——常识。

说明的知识——一类事物之众因——摄取部分组织——科学。

解释的知识——万事万物之总因——包罗全部组织——哲学。

知识之定义：人类对环境、对自身的认识过程和理性悟解过程，从而能获得判断或疑惑的概念；知识推动着人类社会的进步，社会的进步又带来更多的知识问题。

知识之分类举例：

依方法分类：经验的——知其然——实际经历之体验。解释的——知其所以然——经验之因果解释。引申的——知其应然——物理法则之假定。实证的——知其果然——实验之证明。

依组织分类：相当无组织者——常识；部分有组织者——科学；完全有组织者——哲学。

四、认知"知识"分类问题

在学习中，我发现知识的分类问题十分复杂，在不同历史时期，有不同的知识分类，尤其在近代，知识分类本身似乎就可以说成一门专业。我搜寻到约90种前人所做过的各种知识分类，自己在学习中有所体验，写成论文《人类知识分类结构的启示》，后来收进拙著《学问之途》中。我在文中写道：

为什么要研究知识结构？一般说法有几种，一是为好奇。……但是好奇心有多大，如何去探索，探索到什么，可就对于各地区、各民族、各人有很大的不同。中国古书《易》上面就记载道："本乎天者亲上，本乎地者亲下，则各从其类也"，"君子以类族辨物"。看来中国古人认为分类是天生的，"类"是由天地自然决定的，人只需要去认识各"类"罢了。而在西方……"类"成为区别知识各部门的专用名词，沿用至今。好奇心广泛运用到几千年来的知识分类上，取得越来越多的新分类，而不断分类又反过来激发更多的乐趣。……

二是为需要。……三是作为方法。将人类知识建构过程和认知结构看作方法，确实是高明的思想和方法。……

四是作为追求规律。有些人就是真相信或假相信知识是有规律的，他们会以一生的精力去追求规律，并弄出一些似乎像规律的东西，然后借此就实现他们的梦想，多半是害人又害己的梦想。注意，他们并不追求知识本身，而是在规律上做文章，他们似乎并不在乎歪曲知识，糊弄人类。……德国哲学家莱布尼兹在1666年写成一篇论文，题为"组合技术论——使全部知识转换为具有可计算性的方法"，介绍莱布尼兹终生为之奋斗的庞大计划思想，是想将所有的人类知识纳入一个概括性的人类知识一览表。其中使文科和理科的每一分支都回归到最原本的定义，而每一分支与其他分支的关联又毫无困难地立即找出来；又，从这个一览表内，人类的全部知识均可重新建立起来。这一方法可作为无师自通的工具，也可指点出还需要继续发掘的领域。总之，他是认为只有每个学者能够迅速方便地查找到以前有文字记载的全部成就时，知识的真正进步才有可能。只是莱布尼兹本人并没有完成此理想，但是300多年后，今天利用电脑工作的人们，谁都应该感谢他所开拓的利用可计算的方法，去继续探索人类知识的前景。……

……黄文山教授（1901—1988，代表作《文化学体系》），他有鲜明突出的见解和体系，本文可谓学习他的习作。黄文山教授认真地思考与努力，提出他的"知识分类纲领表"。他所依据的原则为：第一，是自然主义的唯实论与人文主义的实际论之一种综合。我们相信科学的观点与人文的观点，在最后，是可以融通为一的。因为任何人文主义的体系，要想成为科学的，其根据当然是实证的、心物一元的。科学本来是经验的知识，而这些知识是分类的最永恒的材料，所以实证的心物一元的观点，应该可以支配一切的。第二，科学是对于现象的一种解释，有某种现象才产生某类科学，所以科学的分类，首先要解答的问题，即是对于现象采取什么分类。第三，现象的五个类别与自然顺序乃至科学顺序当然是互相投合的。第四，科学分类或科学体系只是知识的整个体系的一部分。知识的整个体系是统一的，其基础建在自然的顺序之上，且受现象的五种类别所决定。第五，文化学在这个科学体系中占最高的位置。笔者基本接受这五种原则，并希望能够在电脑时代得到后来人的发展运用。只是需要将第五条中的"最高的位置"，改写成"适当思考的位置"。

看来，这种知识体系的研究，是要抱有幻想成分，但是又切忌武断；容许出错或混乱，但绝不能为私欲横流。它的丰富漫长的发展演变史，暗示我们努力的方向。开动你的智慧吧！只是要记住培根早就说过的话："这是不会错的，可以辨别人类的三种雄心，一若三个等级。第一种的人要努力扩张一己的势力于本国以内，这种是卑劣而堕落的。第二种的人努力扩张本国的势力和版图于人类之中，这种当然较有荣耀，却也并不减其为贪婪。然而，假使一个人奋勉于建设扩张人类本身的势力和版图于宇宙之间，那么他的雄心无疑比起以上两种来更加高尚了。"这如何不令我们长思呢。

五、认知社会科学

我尝到了所学习到的哲学知识的甜头，于是利用哲学思辨的精神和方法，尝试向一些感兴趣的题目去探索。我又按照老办法，去旧书店和图书馆搜寻 1949 年以前出版的书刊，主要是关于"社会科学"的专著，结果又让我搜出几十部，例如：

施复亮著《社会科学的研究》，上海宏远书店，1930 年
杨剑秀编《社会科学概论》，现代书局，1929 年
孙寒冰主编《社会科学大纲》，黎明书局，1929 年
杨幼炯著《社会科学发凡》，大东书局，1933 年
张栗原编译《社会科学理论之体系》，神州国光社，1930 年
郭真、高坧书著《社会科学的基础知识》，乐华图书公司，1930 年
陈豹隐著《社会科学研究方法论》，北平好望书店，1932 年
卢波尔著、李达译《理论与实践的社会科学根本问题》，心弦书社，1932 年

陈端志编《现代社会科学讲话》，生活书店，1934 年

鲁男著《怎样学习社会科学》，乐华图书公司，1937 年

张仲实译《社会科学的基本问题》，生活书店，1937 年

吴黎平、杨松编《社会科学概论》，新华书店，1938 年

黄文山译《社会法则》，商务印书馆，1935 年

平心著《社会科学研究法》，生活书店，1936 年

沈志远著《妇女社会科学常识读本》，生活书店，1939 年

刘学鸥著《新社会科学讲话》，新社会科学会，1939 年

王亚南著《社会科学新论》，福州经济科学出版社，1946 年

孙本文编《现代社会科学趋势》，商务印书馆，1948 年

社会科学研究会编《社会科学概论》，新华书店，1949 年

高尔松、高尔柏著《社会科学大纲》，平凡书局，1949 年

我接着梳理这些学者们的见解，写成两篇论文：《研究"社会科学"的知识入门》和《研究"社会科学"的方法入门》。前一篇文章中，我探讨了五个方面：社会科学的定义、社会科学由来、社会科学的知识环境、社会哲学与社会科学、社会技艺并非社会科学。此文后来收进拙著《学问之途》中。我在"小结"中写了一条：

社会科学整体的知识内涵，是现代研究中薄弱环节。纵观两百多年来研究的状况，远远不能满足现代人对现代社会问题的整体认识，远远缺乏解决现代社会问题的理论和方法，尤其在大综合性的社会难题面前，往往束手无策，或者被动地应付，造成更多更大的社会问题。

而《研究"社会科学"的方法入门》，则于2002年被收入《学术研究》中。

六、认知文化和文化学

我理解到哲学思辨的一些原则，并没有像哲学家那样去将之运用到哲学理念或哲学概念的种种探究中，因为我认为那是哲学家们做的功课，我是做不来的。我是用哲学思辨精神和方法，来琢磨我感兴趣的其他学术问题。例如对于"文化学"的学习与认知。

在我年轻的时候，见广告上写着"中华儿女多奇志，不爱红装爱武装"，我就想过，一个民族爱的是武装，夸为"奇志"，那么"文化"还需要吗？"文化"与"武化"为何如此尖锐对立？到80年代，学术界掀起又一轮的"文化热"讨论，但什么是"文化"，什么是"文化学"，年轻人已经缺乏基本的概念了。而一些自封的"新儒家大师"笔下的"文化"，云山雾罩的，要倚靠他们笔下的"中华传统文化"来救中国，简直颇似天方夜谭。于是，我又习惯地钻进近代旧书中，搜寻相关书刊。结果令我也吃惊，因为近代中国人是十分关注文化问题的，发表过许多有见地的灼见，至今依然发光。这个文化的讨论，可以说是从西方文明在近代来到中国就开始了。文献显示，19至20世纪以至于今天，各种各样的思考、分析、论争、著述、论战层出不穷。到了五四新文化运动前后，更是达到论争的高峰。今天看来，其实大多数内容，无非是在"全盘西化"与"全盘复古"之间摇摆，在"传统优秀文化"与"先进文化"之间切换，在"批判继承文化"与"弘扬创新文化"之间各说各话。说某种文化现象"好"的时候，就摒弃所有"不好"的事实；说某种文化现象"不好"的时候，就摒弃所有"好"的事实。"文化"成为政治家拿来打扮的婢女，"中国文化传统"更是如烙饼般翻覆到难知生熟的地步。从哲学角度看，其实这算是一种伪命题，因为并没有抓住文化的本意，更缺乏展开文化学的研究。

因此，当我浏览过近百部近代关于文化研究的专著后，深有感触，这些书生之见颇令人震撼，不论出于何种立场与见解，都是认认真真地展示自己的心中所得。这里仅选几部我受益良多的书籍如下：

梁漱溟《评东西文化及其哲学》，北京财政部印刷局，1921 年

杨明斋《评中西文化观》，中华书局，1924 年

孙本文《社会的文化基础》，上海世界书局，1929 年

钟兆麟《文化进化论》，上海世界书局，1930 年

陈序经《中国文化的出路》，商务印书馆，1934 年

文化建设月刊社编《中国本位文化建设讨论集》，1936 年

陈高佣《中国文化问题研究》，商务印书馆，1937 年

陈安仁《中国文化演进史观》，文通书局，1942 年

陈序经《文化学概观》，商务印书馆，1946 年

朱谦之《文化社会学》，中国社会学社广东分社，1948 年

《中华文化之特质》，台湾世界书局，1969 年

黄文山《文化学体系》，台湾中华书局，1986 年

胡适等《中国人的心灵》，台湾东海大学，1984 年

其中，黄文山和陈序经两位教授的著作，对我的学习产生了关键性的影响。他们所开拓的文化学理论体系，为中国的文化学奠定了基础，也可以说成一个指路标。我为之写成两篇论文，一篇是《文化学研究方法》，这是研究文化学所需要学习掌握的基础，也是我学习的体验。我在文中写道：

所谓文化研究，并不是仅以下定义为目的，不管是判断性研究还是描述性研究，都不可避免地要对某种文化现象作必要的大量的文化素材收集，然后从中分析到基本的主题的文化特质或特性，才能提出自己的观点。其中，文化特质的显现就是研究的关键一步。"文化特质"这个概念在文化学中是指一种文化单位，有如下特点：

（1）每种特质必可自成一种单位。（如20世纪中国文化人）

（2）每种特质必有它特殊的历史。

（3）每种特质必有它特殊的形式。

（4）每种特质必有它特殊的特点。

（5）每种物质必定包含许多分子，分子之间还另有结构关系。

（6）一些特质合成一种文化现象，内在的复杂概念矛盾并不否定该文化现象的整体性。

功能学派不同意使用"文化特质"这个概念，他们不喜欢"单位"。但是这并不影响研究，反正要对研究的文化现象提出概念是能够自圆其说就够了。……

研究不是重复，而是要对过去的解释提出疑问，不论什么学科，包括神学，都不能免去思想的怀疑，更何况文化学了。大家都知道五四时期，胡适先生提出汉学家"求证"的思想方法，汪敬熙先生就认为不尽合科学方法，因为："圣贤和经书的崇拜使汉学脱不了权威的桎梏，也使他们逃不出文字材料的圈子。他们以为获得知识是古圣贤所特有的权能。他们只想从音韵训诂和考订的工作走到知识的真正源泉（经书）去饮受自己的知识。他们不相信自己有求知的能力，而用自己的脑筋和手向自然界去寻找知识。自明末的顾炎武、黄宗羲，到清末的康有为、廖平，三百年来，汉学的研究当然脱不了古书文字的范围，也当然是走不上科学的道路。像宋应星那部《天工开物》，完全根据自己见闻去描写各种实际工作的书，自然是不会多见，而且也当然是陷于埋没无闻了。"汪先生讲的颇有道理。

中外古人注意文化现象由来已久，但是将文化作为学科整体研究，则一般认为从 19 世纪开始。原因起自文化人类学和文化社会学的发展，从而逐渐单独形成学科，其方法也自然是从演进中形成，并与其他学科方法有千丝万缕的联系。可以脱颖而出的基础，在于有三种新知识系统的建立：其一为"语言系统"在 19 世纪初被研究发现。语言，是人类进步的一个关键性工具，但是各个民族地区的语言系统极为复杂，很难作成科学性的研究。借助于对新大陆印第安族语言的系统调查研究，终于开始有些成就。而语言的一致性与文化的一致性应是共进的，所以可以借过来研究文化。至今语言与文化依然有着密切关系。其二为达尔文的进化论的创立。西方的进化思想古已有之，但到工业革命完成时，社会生活也已大幅度现代化，人们需要新的人生哲学，运动观念成为思想中心。当时达尔文从生物学角度提出"物竞天择"和"适者生存"的假说。这样一来，西方知识基础就由基督教义转到进化论上来了。斯宾塞更是进一步以生物进化推理到社会进化，认为一切文化都是由低等推进到高等，由简单推进到复杂，由同质发生推进到异质发生。当时西方许多学者都接受这种原则，以此估量西方文化，很自然就断定经济上的私有制、家庭上的偶婚制、政治上的民主制，都看作人类历史上最进化的类型，以及道德伦理的标准。此时研究文化，自然全盘照收。其三为"生物测量学派"的形成。借助达尔文假说，戈尔登具体运用，遂产生生物测量的方法，他总结出几点：（1）人类的个体，无论从体格上或心理特征上看，都是不齐一的；（2）在一个社会里，各个人的体格的精神的特征，依照一种常数分布的模式之曲线分布；（3）各个人的差异，是由两种因素造成的：第一是环境，第二是遗传，后者更重要；（4）社会集团与人类的种族，也一样是不平等的。由此繁衍于学术界，语言学、生物学、人类学、社会学等搅到一起，造成巨大波澜，对文化的研究从此扎下根，并且到今天更加深化。……

百余年来，学术界探索发展一些具体研究文化现象的方法，这里列下有代表性的八种，略加介绍：

（1）用考古学的方法。

（2）由部落或集团的亲属关系和称谓制度，说明社会文化的基本结构。

（3）比较方法。

（4）根据泛神论来说明人类宗教信仰之始源。

（5）传播论的方法。

（6）历史学的方法。

（7）功能学派的方法。

（8）中国的民俗文化学的方法。

从根本上观察，文化学的研究离不开注意三个问题：

（1）它们是什么类的事实？

（2）它们在时间上是如何互相联系的？

（3）它们是如何联系起来的？

想回答这三个问题，想观察其中状况，就会有三种观点：

（1）层次的观点，有两系列资料——客观的、心理的。

（2）时间的观点，有两系列资料——历史的、当代的。

（3）联系的观点，有两系列资料——决定的、偶然的。

前辈黄文山教授，由此归纳为五大类文化现象的研究方法：

（1）纯粹历史叙述的方法。

（2）心理学的与统形论的方法。

（3）因果的与功能论的方法。

（4）哲学的与评价论的方法。

（5）科学的或真实的比较的方法。[1]

我的另一篇论文《中国型的文化学创建者——黄文山教授》，这是我得到台湾朋友赠书，并满怀激情学习了黄文山教授的学术成果后写出来的。回想起来，1987年我到香港讲学时，就曾托友人联系黄先生，以期得到他的教诲，可惜未果。不过，黄先生的书让我获得一个认知的体系，由此也稳固了我的整体研究的基础。我在文中写道：

---

① 原载《学问之途》，北京师范大学出版社，2003年。

一个人在年青时候立一个宏愿，这是常见的，问题在于如何实现？黄文山先生在年青时期就决心去创立一门新学科，即"文化学"。这是由于他在北京大学和在美国留学时，曾经专门进修社会学、人类学、民族学、心理学、哲学等课程，而文化科学在当时西方学术中，也才仅是一个名词，才开始有个别人关心研究。黄先生很容易就会感受到，虽然对于人类社会文化的研究，已经有社会学、民族学、人类学、民俗学作为探究的工具，任选其中一项学科，就足够学成回国骗个教授当了，无须费多少力气，只需跟在洋人研究过的材料后面，捡点剩余物资回来就够了；但是如果细心分析一下，也就能够发现，现成的这几个学科和学风，也并非适合当时对人类社会文化的全面研究。这当然并不是说这些学科不好，而是当时确实是有明显不同目标的倾向，……面对近代社会文化现象飞速变幻和膨胀，社会学者依靠旧分析手段和规定的思路，很难敏感地抓住现象所反映的本质。人们习惯于走老路，在学术上也如此，对于企图探索开创新路的人，习惯地第一反应就是制止，所以探索者所冒风险要大大增加。而黄先生就硬是选择了这样的学术道路，他想要在当时中西学问纠缠不清之中，去开创学术思想一贯之道，这本身就如同在迷雾中选准光明的方向一般，除了倚靠科学利器外，本人的坚强意志也是关键性的。

　　在20—30年代，关注中国文化问题的学者大量增加，这自然是东西方文化观念和行为，在东方产生巨大冲突所引发的，东西方的有心学者也都感到有必要从中国文化现象和根源中寻求答案。……容易发现其中的怪味：一是大胆发表议论的数量多得出奇，其中不乏略去论证的判断句，但是多为浮皮潦草的任意发挥，严重缺乏对中国文化深入的解读，更是缺少描述中国文化特质的力作。换句话说，从文化知识角度来认真看待中国文化的人是太少了。二是中国文化人自身毛病在议论中倒是反映得十足，正如鲁迅先生所介绍的"文人相轻"，他们在文章中解剖文化现象不力，解剖自己文化能力也更不力，但是对于解剖别人则狠上加狠，其中窍门之一就是给别人加上某一政治门派，将"唯心""西方""资本主义"等时髦用语设定为批判对象，然后将别人没理由地封在此上面，然后狠批一通。这当然暗示他本人是属于"唯物""东方""先进阶级代表"，等等。因此，在许多文章中就充满政治论争的架势，你死我活地纠缠下去，所谓探讨文化现象，就变成寻找稿费和拉帮结派的工具。幸好并非所有的书生皆是如此，他们中间少数几个人，其实才是中国近代文化精华的鼓吹者和承上启下者。其中有些人的介绍已经相当多了；也有长期被尘封遗忘的，黄文山教授就是其中一位。黄先生并不是远离学术论争，他对同事陈序经教授所谓的全盘西化论，很不赞成，就公开长期论争不止；他也赞成关注中国本位文化的建设，做了不少工作。但是关键还在于他在努力从东西方文化中吸收乳汁的基础上，理智地对待现实的混乱。用他自己的话来解释，就是他深得儒学的"中庸之道"。用俗话说，就是"站得高，看得远"。黄先生确实在学术上起点高，他无须拉帮结派，无须卖身投靠，凭着自己所掌握的知识，凭着自己设定的研究方法，硬是在动荡的年代耗去35年时光，以一支笔写成60多万字的《文化学体系》。这本身无疑是告诉现代年青学者，所谓做学问，中国曾经有过这样的榜样。不管从书中能够挑出多少毛病，体系多么不完备，但这当然是与抄书匠、骂书者或骗书者完全不同。……

　　按照现代中国流行观点，黄先生是从小生活在西化环境中，在北京大学学的是西式学问，到美国留学六年更是标准西化了，何况他教书时并不像钱穆先生那样穿着长袍，所以完全可以定他一个名称——在中国推行西方精神的样板。幸好这种糊涂的推理，完全不符合黄先生的精神和实际，也免得笔者在这里介绍现代汉语概念的奇妙嬗变。事实正好相反，黄先生的大作所凸显的精神，恰恰是中国传统文化中的精华。正因为他拥有中国学问传统的优势，所以他才能够在世界级的学术竞赛中取得如此惊人的成绩，并且借此说明东方思想美好的一面。想了解这一点，有必要明白黄先生学问的着力点，那就是对全人类文化体系理论的探索，是超越种族、宗派和国家界限的。他是接受人类当时最科学的知识系统教育长大的，他与西方同事们是同台献艺，能够将西方当时先进的文化知识系统介绍得一清二楚，也将西方文化理论中严重缺陷及方法上的误区和盘端出。这在西方学术圈中是司空见惯的，自然也就很难从中探索出新路。但是正因为他作为存在中国情结的理论家，他所学习到的从心灵深处刻划下的中国传统观念，恰恰给了他全新的灵感，儒学、道家、佛教的许多传世思想，都是他用作创立文化学体系的根据，并且被他发挥得淋漓尽致。今天的读者，当然可以不同意他的许多解释，不同意他用的概念和分析，但是对于他将当时所谓东西方思想的进化融汇成为一个理论体系，那是无可动摇的。他所开创的理论道路，尽管还有许多巨大困难，但确实对于即将面对 21 世纪的年青学者，是一种极大的启示，也是一个有力的工具。

七、梁启超的知识体系研究

借着20世纪80年代学术界研究梁启超的热潮，我也浏览相关史料。作为一代名家，梁启超在中国学术界活跃近40年，共发表学术类论著173篇、政论类文章310篇、文艺类205篇，共约1400多万字的文化遗产。百年来，他的文章和学风一直影响着中国文化的发展。关于他的研究论著也是不计其数，反复地介绍他的思想、经历、文章特色等。那已经不需要我来做"梁启超专家"。恰好我那时沉迷于"知识体系"研究，我就想能否从梁启超在不同历史时期所形成的知识结构入手，既介绍任公的思想变化，也明示时代对个人发展的知识需求。

任公的知识结构，可以明显区分为三个时期，即留日前、留日时、回国后。比较过后，我就寻思怎么样能把任公不同时期的知识结构通俗清晰地表达出来。后来我通过以下三个知识结构表来反映。

（一）留日前的知识结构

概括任公早年知识结构，将其程式化，可以用他自己在1901年为老师康有为所制"纲领旨趣"表为代表（见第99页）。

（二）留日时的知识结构

任公流亡日本时候，日本学术界刚刚庆祝明治维新30周年。任公抓住日本书籍中所反映的世界新文化知识，大声疾呼道：

日本自维新三十年来，广求智识于寰宇，其所译所著有用之书，不下数千种，而尤详于政治学、资生学（即理财学，日本谓之经济学）、智学（日本谓之哲学）、群学（日本谓之社会学）等皆开民智强国基之急务也。吾中国之治西学者固微矣。其译出各书，偏重于兵学艺学，而政治、资生等本原之学，几无一书焉。夫兵学艺学等专门之学，非舍弃百学而习之，不能名家。即学成焉，而于国民之全部，无甚大益，故习之者希，而风气难开焉。使多有政治学等类之书，尽人而能读之，以中国人之聪明才力，其所成就，岂可量哉？今者余日汲汲将译之，以饷我同人。

1903 年，梁启超编辑出版了"新学大丛书"，4 函 32 册 120 卷，收中外人士的文章 447 篇。丛书分为 10 纲、77 目：

政法：政治、法律、君主、政府、议会、地方自治、交涉公法、主权。

理财：经济、生计、财政、岁计、货币、商约、税则。

兵学：兵学总论、条教、战术、阵法、操法、马术、工程、学校、兵器。

文学：学术、史学、历史、地理、辞学、语学。

哲学：哲学总论、宗教、神理原理学、心理学、论理学、实质学、伦理学。

格致：格致总论、数学、天文、气象学、物理、化学、植物、动物、矿物、地质学、生物、生理。

教育：教育论、教育史、学制、中国现今学制、教员、教授法、管理术、学校卫生、家庭教育、女子教育。

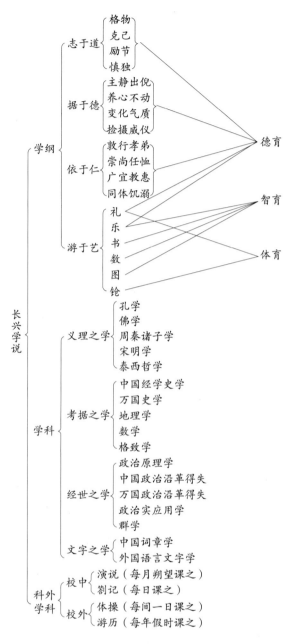

长兴学说之纲领旨趣

资料来源：梁启超《南海康先生传》(1901年12月)，姜义华、张荣华编校：《康有为全集》(第12集)，中国人民大学出版社，2007年，第426页。

商业：商业经济、商业地志、商学、权度。

农学：农业经济、农业理化、农会、种植、畜牧、蚕学。

工艺：工政、工学、土木、冶炼、化电工、制造、美术。

这77个方面的知识，显然都是任公所关注，并加以弘扬的。

（三）回国后的知识结构

任公晚年有写作"中国文化史"的计划。虽然老天爷没有给他机会完成此巨著的写作，但仅从他留下的目录，就可以理解他所关注的知识形态了。

第一部：朝代篇、种族篇上下、地理篇、政制篇上下、舆论及政党篇、法律篇、军政篇、财政篇、教育篇、交通篇、国际关系篇。

第二部：社会组织篇、饮食篇、服饰篇、宅居篇、考工篇、通商篇、货币篇、农事及田制篇。

第三部：言语文化篇、宗教礼俗篇、学术思想篇上下、文学篇、音乐篇、载籍篇。

我在文章后面写道：有不少学人的知识结构是一辈子没有变化，他的老师康有为就是典型。另有些学人则乱变一通，随风草似的以眼前利益为标准。当时代需要知识结构变化时，任公迎头接受挑战，甘心自我改造，并因此也引动时代的知识结构变化，他就是时代的骄子。

任公的知识结构进步是成功的，他从国学传统变成日本式西学，能够在政治学、经济学、文学、历史学、哲学、科学思想、方法论等大范围学科之间纵横涤荡，确实了不起；最后又在认清人类知识目标基础上，大力综合中国新学，全力鼓吹发展，这是将中国学术纳入世界学术现代化道路的努力。①

---

① 《梁任公留日百年祭——关于"知识体系"的文化探索》，《进取集：钟少华文存》，中国国际广播出版社，1998年，第457页。

第六章
竹内实—学习认知人类的知识的表述

竹内实教授（1923—2013），出生在中国山东，1942年回国，1946年考入京都大学文学系中国文学专业，后任京都大学教授。从20世纪50年代起，竹内实致力于毛泽东生平和思想的研究，被誉为日本"毛泽东学"的权威和"现代中国研究第一人"。因为他对中日文化交流所做的贡献，日本天皇授予他一枚勋章。2002年，中国文联出版社出版《竹内实文集》十卷本，分别是：《回忆与思考》、《中国现代文学评说》、《毛泽东的诗与人生》、《毛泽东传记三种》、《日中关系研究》、《文化大革命观察》、《中国改革开放进程追踪》、《比较文学与文化研究》、《中国历史与社会评论》、《中国文化传统探究》。

竹内实教授是我的导师。我能够得到他的指导，实在是三生有幸呀。最早见到竹内先生，是在80年代中期。那时汪向荣先生主持的中日关系史研究会经常开展活动，大概只要竹内先生来到北京，他就去请先生来会中演讲，我自然早已闻名，于是就努力去听，真的是听，因为我每次都坐在最后面，没有提过一个问题。先生所讲的

竹内实

他眼中的中国文化和日本文化，我都是没有体验过的，但又吸引我，他的思路对我有一种说不出的吸引力。只有一次，我的老友过放给他做翻译，我上前给他们拍了张合影。一直到 1991 年吧，在北京友谊宾馆开会，我手中已经有两篇在香港中文大学发表的论文，在谭汝谦先生鼓励下，我走向竹内先生，将两篇文章呈上，然后就回住处了。第二天，有人敲门，我开门一看，正是竹内先生，手里拿着我的文章。他劈头就说："你的研究很有意思，日本没有人研究。我请你到日本去研究百科全书。你要多要少？要快要慢？"我从来没有这样惊讶，等回过神来，除了说谢谢外，就直率地回答："我年纪大了，我要快。"先生就说："快就钱少。"我心里想：我只是去看看书，要不了多少时间。钱少也肯定够了。于是我回答："钱少没有关系。"就这样，先生就一力办成我的赴日研究。

1993年春节后，我循着父母的脚印来到日本。我也如前辈们一般，乘船经过对马海峡，在清晨进入日本内海。我跑上船头甲板，望着头上的跨海大桥，桥上穿梭来回的小汽车犹如童年玩过的积木上的玩具，两岸青翠碧绿，海风阵阵，犹如画境。我明白，我已经进入另外一个民族的生活圈了。在前来接船的过放伉俪陪同下，我入住京都的光华寮。不到半个小时，竹内先生就从他的住所走来，请我去吃饭，并将他在立命馆大学为我申请到的50万日元交到我手中。他告诉我，在日本的访问期限可以申请延长至一年。吃完饭，他带我去申请机构办理了手续。就这样，我开始了在日本近一年的学习体验。一年后，当我坐上飞返香港的飞机，我感觉我的思想已经完全改变了，我能够面对过去所有迷惑不解的难题，我能够通过笔尖描述我的心灵的颤动，我能够清晰地表达我所想说出来的话。对于京都，尤其是日本的旧书店和迷人的风光，我能说出自己的感受；甚至，我连腰围也缩进了两个皮带眼。这里仅从学术角度，讲我从先生那里直接学习到的。

一、一本书：《中国近现代论争年表》

安顿下来后，我到先生家中拜访。先生送了一部他新编的大书给我，是上下两册本的《中国近现代论争年表》。先生已经在扉页上写道：

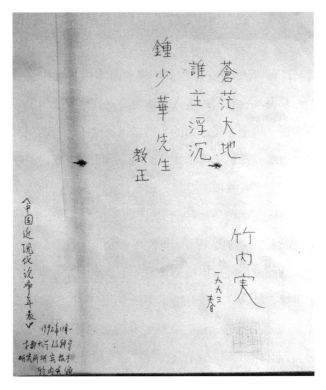

竹内实题词

苍茫大地 谁主浮沉　钟少华先生 教正

竹内实 一九九三 春

　　刚见面，先生就提出如此宏大的历史问题，实在是让我难以释怀。"主沉浮"的宏愿，应该也是先生一生的宏愿，也是对我的提醒。无论谁做学问，都应该去承担这个历史的重担。现在我重看先生有力的笔触，心情不由得更加沉重起来。虽然我没有回答这个难题，但先生之问，确确实实是立足于人类在地球上的责任感。人类能够主宰地球吗？君王能够主宰国家吗？家长能够主宰家庭吗？个人能够主宰别人吗？……我回答不了。但我深深地认同先生的伟大思想，问得好！

这部年表，共涉及 95 个年份，基本上涵盖中国在 20 世纪的关键时段。竹内先生和他的同事们，在书中共列出 2146 种次的论争，平均每年约 23 次，涉及中国政治、外交、军事、法律、经济、人口、道德、历史、科学、教育、语言、哲学、宗教、文学、艺术等多个学科。编排方式是按年顺序，在每一年，将涉及争论的文献列为小标题，标明是什么人在什么书刊上发表什么样的文章及书刊出版年月、页数。更重要的是摘录文章中作者的关键见解，旁列同一时期中国所发生的重大事件。这就超出一般的年表，可以说是重要的文摘记录了。

1935 年的论争主题 [①]

1935 年所引述的论争主题	作者
民主与独裁	陶孟和、陶希圣、丁文江、胡道雄、胡适
中国社会史（古代史分期问题）论争	王宜昌、刘兴唐、张志澄、非斯
中国本位的文化建设	王新命、陈序经、张季同、胡适
文人相轻	卞正之、鲁迅、林语堂、周木斋、曹聚仁、庄启东、陈子展、魏金枝、沈从文
大众语	沈从文、李子魁、陈望道、傅孟真、胡适、南山
中国农村经济	王宜昌、钱俊瑞、薛暮桥、王毓铨、赵梅增、余霖、周彬、孙冶方、陶直夫、张志敏
新生活运动	蒋介石

---

① 参见竹内实著、程麻译：《中国近现代论争年表》，中国文联出版社，2005 年。

文学遗产	胡风、沈启繁、孟式钧、辛人、北鸥、茅盾
中国本位文化与全盘西化	张佛泉、陈序经、吴景超、姚宝贤、张季同、张熙若
中国社会史（社会性质问题）	金海如
杂文	周木斋、杜宣、魏蟠、林希隽、申去疾
京派与海派	鲁迅
题材与主题	任白戈、申去疾、渔、水、独、茅盾
文学口号	周立波

不用想象就知道，这样的工具书对当时的中国读者是多么重要啊！可以说这是日本学者送给中国人的一份礼物。20 世纪 50—90 年代的中国学者太忙于为生存而奋斗，没有功夫整理学术文献历史，想用也无从下手。竹内先生他们出于对学术的尊重，也为了进一步的研究，费了很大的力气与时间来完成。

欣赏和感动之余，我研究了他们的编辑思路，梳理了自己所掌握的论争内容，居然给竹内先生提供了书中所没有收录的文献。

二、帮助我研究百科全书

针对我的百科全书课题，先生为我安排了一连串的学术活动。先是到立命馆大学① 图书馆查阅明治年间的百科辞书。阅览室的工

---

① 立命馆大学创立于明治时期，前身是日本皇族政治家西圆寺公望在京都皇宫所创立的私塾"立命馆"。"立命"二字，取之于《孟子·尽心上》"夭寿不贰，修身以俟之，所以立命也"。

作人员望着我在北京检索到的日本国会图书馆明治年间百科辞书目录（二百余部），简直是不知所措，于是我提出自己到藏书室查阅。他们让我进去了。不过，架上也仅有我想看的两三部。我拿出来，做了笔记。这离我的目标还很远，但是日本近代的百科辞书已经让我深感震动。无论是体例、条目撰写，还是装订，较中国光绪年间的百科辞书，都考究得多，已经是可以与近代西方百科辞书相媲美了。

接着，先生安排我在大阪关西大学东西学术研究所大庭修教授处发言。我写了个提纲，先生自己动手翻译成日文"中国の近代化と百科全书"（后发表于关西大学《东西学术研究所所报》第58号）。

在先生率领下，我和其他学生一起参观了天理大学图书馆。馆里藏有法国狄德罗所编辑的第一版《法国百科全书》。当我有幸如此接近这部珍品，并能够亲手触及书页，心绪万千。1908—1922年，四川学者杨紫极，利用他精通法文的特长，翻译了二百多万字的《法国百科全书》。杨紫极之子杨家骆先生，在20世纪30年代写的文章中，说他的父亲翻译《法国百科全书》而未完成。这是引发我关注百科全书研究的最早的文献。原来两百多年前，西方已经有这样一部内容丰富的百科全书了。我牢牢地记住狄德罗的名言：

哲学是理论的综合，历史是经验的综合，百科全书是理论与经验的综合。因为她的主旨，在将人类智慧的产业，加以清算，而完毕创导的过程。质言之，她能传播一切创导者的贡献和许多积累的经验于每一个人，因而成为推进文明的力量，更培植其智慧的自由发展，节省其不要东翻西捡的时间，而使成为再创造之力的源泉。所以百科全书不是一个天才者著书立说的成品，而是一切天才收获的结果，而又经过大规模之分析与归纳者。我们好像是一个掌管以知识与经验为财产的世仆，当幼主向我们咨问某一财产的情况或提取某一财产的收益为用度时，我们除尽量敏捷地告诉他之外，而且说明其丰吝和利弊的情形。

　　狄德罗的原版百科全书，仿佛每一页都在展示前人的劳动成果和他们的拳拳之心，激励我义无反顾地学习和进取。

　　文献不足的问题依然存在。我按照在北京逛旧书店的习惯，踩着自行车，把京都的旧书店一家一家地逛起来，也仅是略有收获。5月的一天，我逛到京都黑谷金戒光明寺。寺内空地上，排列着许多旧书摊。我突然在一个小书摊的筐内，发见一部黑皮大书。翻开首页，正是1911年出版的《日本百科大辞典》第五卷，内容恰恰是以中国为主，正是我要寻觅研究的重点书。我当然想买，但价格比我预期的略高。我无奈回到光华寮，给竹内先生打电话。先生竟然说带我再去看看，于是我们又漫步前往。先生翻开书看了看，连连说："有用有用，该买该买。"并且帮我砍下500日元，让我幸福地抱着书回来了。此事被一些老留学生知道了，传为笑谈，说两个老先生去买书，砍了半天价，只砍下一碗方便面的价钱。我则感慨万千，在书上写下：

　　　　时光莫待催人老，衰年偶然乘春风。
　　　　吹向扶桑书香处，觅得百科祭青松。

到后来，我乘夜行巴士来到东京的日本国会图书馆。在这里，我所预想的日本百科全书，基本上看到了。日本学者为了"求知于世界"，而如此痴迷于新型工具书，实在是令人钦佩。仅从《日本百科大辞典》的完成，就可以想见日本民族的求知欲望是多么强烈：

　　日本近代百科全书中颇具代表色彩的，是东京三省堂主人龟井忠一出版的《日本百科大辞典》（全十卷）。在其中辛勤经营的编辑长斋藤精辅，是龟井先生的女婿。他率领编辑20人，完全按照国际百科全书的高级标准来工作，从条目安排，到图版装订，都是规模宏大仔细美观。他们请来大隈重信①做编修总裁，请井上哲次郎、田尻稻次郎等7位博士做编辑顾问，条目执笔人前后共550人，撰写条目13万多条，彩色图版688幅，内容涉及245种学科，合成一部共有14124页的巨著，其中仅索引就有523页。

　　该书从1898年开始设想，1902年开始编写，1908—1917年才完成出版。为什么拖延如此之久？当该书出版到第六卷之际，三省堂突遭火灾，结果倾家荡产，已经无力为继。但是日本社会上有强烈的呼声，要求完成全书。于是，井上哲次郎教授、芳贺矢一教授、嘉纳治五郎校长和岩崎久弥男爵等出资者50余人大力合作，以"日本百科大辞典完成团"的名义，有钱出钱，有力出力，还由三省堂印刷出版，终于完成此书。从这件意外事件中，我们可以看到日本人对于新文化的追求，以及艰苦的奋斗精神，他们能够为了一部工

---

① 大隈重信（1838—1922），1882年创办东京专门学校（早稻田大学前身）。1898年任首相兼外相。1900年组建宪政本党。1914—1916年再任首相。著有《开国五十年史》等。

具书的出版而去发动全社会的力量，他们不是偶然地成为高速发展的国家的。当笔者拿起这套沉甸甸的书时，心中感受到其中更为珍贵的人们互相合作的精神。[①]

三、引导我体验日本文化

要对一国的文化形成自己的见解，是需要从多方面去体验。先生自然懂得，他就精心安排让我尽可能地接触日本各种传统文化。他安排了当时跟他学习的张新英博士来具体指引。她先是带我去京都祇园甲部观赏歌舞伎和茶道活动，又带我游览琵琶湖，在蓝天白云下的湖边漫步，在石山寺领略日本女作家紫式部创作《源氏物语》的环境，再讨论石山寺多宝塔的艺术美。悠哉游哉，心情舒畅。

先生又带我到大德寺聚光院，那是日本千利休茶道的发祥地。先生坐在首席，数十人围坐，先听和尚用真读来诵经，再在茶室里清谈，欣赏充满美妙内涵的茶道。只可惜我还是难以理解。后来，先生带我去了京都乡间的松源院，领略佛门的茶道，观赏日本艺人的演出。

先生又带我和其他学生一起前往神户，参观华侨博物馆。陈馆长把中日之间的来往文献逐个指点。

京都有著名的三大祭，先生带我去看铧祭，介绍铧的象征意义和背后的故事，让我不禁回想起中国民间庆贺节日时相类的情景。

---

① 钟少华：《人类知识的新工具：中日近代百科全书研究》，北京图书馆出版社，1996年，第123页。

我在日本开始有学术上的交谈者。每一次谈话后，我都会向先生报告，特别将谈话中的问题和盘托出，而先生几乎每次都会给与我精妙的答案。我在京都结识旅日华侨李酒扬老先生，拜读他的文章《大和精神》。有不理解的地方，我去请教竹内先生。先生明确给我列出五项原则：（1）大和精神绝不是汉族精神的延伸。（2）大和精神是早上的太阳、盛开的樱花。（3）神道是一个特点。（4）武士道是玩弄死。（5）吸收外族特质，不改本质。学问这玩意儿很古怪，有高人指点和自己摸索是有很大的区别的，弄不好，是会走火入魔的。我真幸运，先生的指点让我抓住问题的要害了。

许多到日本的游客，都对日本女性穿的和服惊讶不已。身穿和服、脚踩木屐，却让我联想到小时候在北京街上见到的中国裹小脚的女性，她们之间有什么关联与区别呢？在李酒扬老先生指点下，我向竹内先生说道：日本女性欣赏裹小脚造成的姿态美，却不愿承受裹小脚带来的痛苦，于是她们采取了另一种措施，即穿上小一号的木屐，让脚后跟的后部分落在木屐后面。这样一来，走路时候重心就不稳了，加上裙摆狭窄，走起路全身也就自然扭摆起来，形成一种美的历史文化。先生听后完全不信，就拿上相机，带我到京都西阵织博物馆，其时正有日本女孩子穿着和服与木屐在舞台上表演舞蹈。他拍了几张照片，过几天他拿相片给我看，果然如我所说。得到先生认同，我很是高兴，从中也领略到日本人的拿来主义兼顾了原则与变通的。

我曾经听先生用中文、日文分别讲述他的一项研究成果——"汉金印之谜"。他将自己得意的考据学问，讲得绘声绘色，简直如吟诵诗篇一般，还有实物和图片佐证。临别时候，他赠送给我的礼物，就是这颗金印的仿制品。我长时间摆在电脑桌上，每次精神困懒之时，我拿起来轻轻掂量，从而让我的心灵又能复归平静。

四、开始写散文

我年轻时候读过一些散文，觉得那里面描写的诗情画意，离我的生活实在是太远。自从开始做文人科学研究，整天思考的都是如何写论文，就更没有想过自己也写点散文。不过，我还是很好奇何以在报章上，散文往往被说得那么活灵活现的。记得有一次，秦牧叔叔来北京，我专门去拜访。他的散文集很受欢迎，我就直接问他："秦叔叔，你写散文有什么诀窍？"不料，他笑笑地只回了我一句话："我只是想写得跟别人不一样。"我很长时间领会不了。

到京都后，我也像别的留学生一般，每天骑着自行车在京都的街巷和风景名胜之间随意乱窜。但到要钱的景点，我就只是看看说明牌和远景，就掉头另窜。就这样惬意地里领略蓝天白云、流水花树，真如没有了笼头的野马，自由自在地奔驰。过了不久，先生到光华寮来看我。在聊天中，他问起我在京都的感受，我就说了几句。于是他建议道：你可以写点散文，把你来京都的感受写一写。我说我没有写过。他说你先试一试嘛。先生走后，我回想了自己在京都的所见所闻，思考该如何下笔呢？最后决定以光华寮为中心，从光华寮的屋顶望向四周，看到哪想到哪。然后，一篇短短的散文就出来了，起了个名叫"京都漫步"，就算是交卷了。

谁知道这么一写，手和笔就控制不住了，看到什么有趣的、新奇的事或人，我都想着如何用散文来描述。于是，《琵琶湖疏水记游》《高野山的佛性》《神户灯梦》《同文来学习》《广岛和平公园观感》《觅得百科祭青松》《竹内实教授——我的导师》等文章奔涌而出。回国后，想到自己来北京居住好几十年，国内、国外也去了不少地方，有很多想说的话，于是文章一篇接一篇。又碰上好时机，学苑出版社愿意给我出版一部散文集，我就先请启功老爷子题书名。我在笔记中写道：

2003 年 10 月 14 日

我的散文游记可以出版啦，我过去请他给题个书名。他先问我想到什么。我说想到"悠游集""悠悠录"。他随口就念陈子昂的诗句："念天地之悠悠，独怆然而涕下。"然后做个鬼脸说："太惨点。"我回说："正是我的心情。"于是，他提笔给我写下"悠游录"三个字。

我又函请竹内先生写序，他很快就寄来了。程麻先生翻译后，我就刊在书前。

《悠游录》刊行赘语

旅行是一件使人心绪宁静的奇妙事情。它能使人从繁忙、紧张的单调中解放出来，仿佛变成了另外一种人的生活。其让人心境温馨，觉得所有接触的人都是朋友。

当然，因为到了新地方，那里有以前不了解的人，由此也会有些紧张与担忧。自己在漂泊中还逐渐产生过不安的情绪，尽管自己并没有太觉察出来。

试想一下，在这十多年间，自己在"禹域"各处确实曾尽兴地旅行过。同一处地方甚至去了好几次。像五丈原去过三回，南京至少去过四次。至于北京则去过无数次，十年前还在那里长住过一年半。

而在这些旅行中，大抵有钟少华先生同行，钟先生还以自己的风格写了文章。例如，《风萧萧兮易水寒——荆轲故里游记》便是其中之一。去访问那里的时候，大约还没有出租汽车。因此，是乘坐熟人的朋友的小型车去的。那熟人的朋友就是司机，旁边座位上坐的是他的新婚妻子，挺着个大肚子，还不认识路。于是就请熟人的朋友、一位历史学者做向导。那位学者是带着《水经注》坐汽车到那里去的。他以古典《水经注》作为当今寻访的依据，对此我很感动。

那位历史学者是姜纬堂先生，他已经去世了，至今还令人怀念。后来，到开封、郑州和洛阳旅行时，他也一起去过。

由于姜先生也是初次到易水去，所以其中另有一位介绍人，也就是前面所说的熟人，即本书的作者钟少华先生。姜先生是钟先生的朋友。

…………

我想，自己的记忆已不太清晰，主要还是由于当时钟先生使我的心情非常尽兴。他曾经谨慎而又细心地照顾着我。当然，这里应该指出的是，他并没硬说什么地方是重要的之类。

不过，他本人还是看到了自己想看的东西。我觉得，这本《悠游录》便是其结晶。所谓"结晶"，是一个普通的词语，而我在这里是作为动词来使用的，那是指其美丽、精致、凝练而且透明等意思。

钟先生并没有同行者的心理负担，是一个非常称职的同行者。

因此，真想再一次同行。

希望他能够再来邀请我。

2004 年 11 月 10 日

于京都高野川河畔

竹内实

至今，我积累的几十篇散文又已经够出版第二部了，而先生序言中的深情何日重现？

2013 年在熊本

我逐渐明白，对于一个书呆子而言，只会写论文是太痛苦啦。因为论文严格规范的说理摆文献的格式，实在是干而又干，很难有自己情感的随意发泄。我从 1983 年开始写论文，几十年都是一个规格，只是课题不同，就像是破车跑在老路上。散文则大大不同，它是以自己的情感为主线，通过美丽的景物、活跃的人物，而用各种词语尽情倾吐。真实的也罢，虚幻的也罢，甚至恶意中伤，都是能够写出来的。写完之后，浑身通泰，如轻歌曼舞之后一般。也就是说，散文的遣词造句不同于报章社论，也不是骂街式的陈词滥调。因此，在以后这几十年间，凡是碰上有所感触的人事物，我就忍不住立即动笔写下几句话。意外的好处是调节了写论文时的枯燥乏味，让我对人生、对世界，都能够焕然一新地去认知，去感受，也就充满了思维的活力。友人说我的心不老，确实如此，现在我年已过八旬，对自己感兴趣的题目，我就时不时在心中打默稿，虽然写起来有点费事。我因此实在是感谢竹内先生。

五、口述史书

初到京都，先生就问我做过什么研究工作。我介绍了80年代做口述史的经历，他很有意外之感。后来有一次，我们谈起中日关系史中的恩恩怨怨。他突然说道："中日之间，友好容易理解难。"我一下子愣住了，没想到他的这句话如此有分量。可不，中日两国之间，特别是20世纪百年之间，彼此的理解实在是太少太偏颇，而友好的口号倒是喊得太多。我来到日本还不到一年，实在难以说出对日本有什么初步的理解。我虽然也看过《菊与刀》《日本论》一类的书，但依然离我的感受太远。我想到了我的父母，他们那一代曾经求学于东洋，肯定有着许多酸甜苦辣般的亲身体验。既然我说不出一二三，那么何妨请老前辈来诉说他们真实又深刻的理解呢！恰好，在京都的时候，我认识了李廼扬老先生，我就带上录音机去，请他谈谈他对日本的亲身体验和看法。不料他一讲，我大吃一惊，原来这位"中文出版社"的老板，在东北上中学时，恰是我家的世交尚钺前辈的学生，也是金日成的同学，在尚钺老师培养下，成为与萧军、萧红齐名的作家。老先生后来到日本留学，1949年到台湾，不久被派往日本经营书店。他与东京大学、京都大学的教授们建立了良好的关系，特别得到吉川幸次郎教授等汉学家的支持。他专门成立中文出版社，这头依靠日本大学中丰富的中文藏书，那头与台湾商务印书馆的王云五先生商定，影印出版了一大批中文古籍。其中仅是稀见的《和刻影印汉籍丛刊》等，就有好几百部。我曾到他的书库中观看，那是摆满一间书屋的，现在国内各大图书馆多有收藏，真是功德无量啊！至于他赠我的他本人创作的两大部中文书——《韩国历史的传真》和《俄罗斯历史的传真》，更让我佩服之至。不知道国内是否已经有人写出相类的专史？在我回国前，李老将他的回忆录性质的书稿《书海经筹记》托交给我，让我在北京找出版社出版。1994年，文津出版社出版了《书海经筹记》。这当然是中日文化交流的又一实证。

　　李老的口述，也给了我用口述史的方法来探索中日之间理解难的命题的信心。回国后，我先同汪向荣先生商量口述的事，他很高兴答应了。接着我请到汤佩松、柳步青、林林等人。我汇编成书，名之曰《早年留日者谈日本》。整理好书稿后，我又请竹内先生写序。我自己则写了后记。其中第一段讲我对中日关系研究的想法：

我在小的时候，常听母亲讲日本的种种情况。在抗战逃难中，我也看到了日本军用飞机在我头顶上示威的情景。后来我偶然掉进社会科学的魔圈，对于我们中国的邻居日本，真是有极为复杂的猜测心情。自己看不清楚，说不清楚，听别人说就更不清楚。中国古代有"孟母三迁"的故事，讲的是为儿子选择近邻。中日做邻居有史几千年，迁是迁不动的，退而求其次，能不能够互相做好邻居呢？我是一直琢磨这个问题，我想，首先是互相了解，再就是进行交流，求同也求异，才能够讲做好邻居吧。当然，道理好讲，实际如何呢？按照姚宝猷教授在40年代的研究，中日邻居关系自唐朝有良好的开端，元、明朝有恶劣的发招以来，700年间的好关系和坏关系，都足够各自写成长长的一本账，整理都整理不完，看都看不完，更难说做什么判断了。如果按传统的一分为二的办法，我是切不开这本恩怨账的；如果说"好中有坏，坏中有好"，我觉得不如不说。因此我想，恐怕问题出在我们的认识方法上面。[①]

六、两篇论文

在日本待了半年后，先生来找我，说是按照规定，访问学者需要写出一篇相关的论文报告。由于一手资料多在北京，难以引用，我只能多作理论性思辨。奇怪了，我的文思大动，对自己的认知，感觉是完全放开手脚，不像是在北京写论文那样要处处防范思想

① 钟少华编著：《早年留日者谈日本》，山东画报出版社，1996年，第194—195页。

"出格"，害怕一不小心就因措辞跑到另一个阶级立场上去。

很快，我就写完一篇《中日近代百科全书的启示》，对中日近代百科全书作初步的介绍，并将两者放在东西文化的背景下略加比较，更强调了中日近代文化特质的巨大不同。我是以书志考据来作文化学探索，觉得言犹未尽，还可以"理论化"一下，于是，第二篇《百科思想及百科方法的思考》也完成了。这是我独创的研究命题，根据几百年来世界百科全书的文化特质，认为其中含有独特的"百科思想"和"百科方法"的理论认知，而与学术专著、其他的工具书有很大的不同。先生来收作业，看来还满意，他将第一篇拿走了。当年就发表在《立命馆国际研究》"竹内实教授退职纪念论集"上。

《中日近代百科全书的启示》，讲述我研究中日近代百科全书所获得的启示，我是八个方面展开的：（1）相似的文化特征；（2）国家民族对于出版百科全书的支持程度；（3）出版百科全书暨辞书的数量；（4）编排体例与检索方法；（5）条目汇编与权威性；（6）编者与序作者；（7）百科全书的文化效果；（8）小结。在北京时，我因挖掘出清末出版的40部百科辞书而暗自为我们民族的文化建设高兴。不料在日本看到同时间段（明治、大正时期）的百科全书，居然是250部左右，而且其中有一些已经堪与西方的百科全书相媲美，我实在是坐不住了，我有责任写出来。日本学人为什么会如此编纂百科全书？他们又是如何编纂的？他们的努力说明了什么？大和民族为什么会如此支持文化建设？他们又从中学习认知到什么样的新知识？我都试图说出自己的看法。例如讲到日本百科全书的文化效果，我分成四点来介绍：启动作用、民众教育、标准生活方式、求知欲。

《百科思想及百科方法的思考》，是我从百科辞书的学习中提取出的部分精华。百科全书既然梳理出百科各种概念的表述，那它本身也凝聚着通过百科来表述的综合的思想，也是每一部百科全书的主编都会有意无意地形成的。我名之曰百科思想，我认为这个百科思想，是可以运用到一些特定的研究领域的。我对"百科方法"的定义是：

百科方法是从文化学角度所获得的一种方法。它主要是针对人类文化产品及文化活动现象，以加强和改进人类自身文化进步为目的。……百科方法的内涵，主要包括以自然科学的各种方法来探索文化问题；以遗传或非遗传的历史方法来探索文化问题；以社会学或政治学方法来探索文化现象的目的；以艺术方法来表现文化的社会功效；等等。也可以说，百科方法是一种大综合，是一些方法的综合运用，从文化学角度对各种方法兼容并收，平等对待。这与纯思辨的哲学方法有所不同，更不单是以实践为主的自然科学方法所能代表，但肯定是一种通过思辨的可操作的方法。

《百科方法：人类知识脉络的启示》[①]是我体察百科方法的一种认知和进一步探索。我在摘要部分写道：

文章通过对人类知识脉络的思考，从历史纵向的百科全书的发展特质和现代横向的知识平台的建立，提出运用百科方法作为研究知识脉络的手段，主张建立现代"人机知识平台"，作为实践百科方法的基础，以迎接21世纪知识社会的挑战。

----

① 发表在《清华大学学报》2001年第3期。

该文分成五部分：（1）前言；（2）百科方法起始的研究原料——百科全书；（3）纵向探索——连缀两千年来百科全书的知识积淀；（4）横向探索——现代知识的脉络特征；（5）"人机知识平台上进取"——锁定目标和进取途径。

七、第一部专著

回国后，趁着思路清晰，我把相关资料汇集，开笔写成我的第一部专著。书前将我收集到的中日近代百科辞书的一些书影列出，后面附上调查数据图表。内容则分为六章：

第一章：人类知识的升华

第二章：中国近代百科全书研究

第三章：日本近代百科全书研究

第四章：中日百科全书的文化特质

第五章：百科思想及百科方法的思考

第六章：一个愿望（《人类知识百科全书》的幻想）

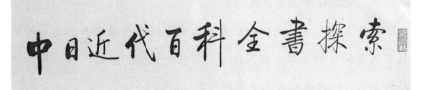

启功先生题词

我自然又请竹内实先生写序，他很快就寄来了。全文如下：

中国近代史一般是从政治的角度来叙说，很少提到当时人们究竟吃的是什么、穿的是什么等。我自己对这些发生兴趣的时候，已经晚了。幸亏我得识于钟少华先生，钟少华先生告诉我，他正在各地图书馆寻找追求中国百科全书，也问我日本出版这类书的情况。我虽然不能回答这个提问，但觉得从出版的实物出发探讨近代史，这是研究中国近代史的新角度。以后我在想与其在日本找跟钟先生合作的人，不如请他自己来日本寻访图书馆更好。经过几次曲折之后，钟先生终于来到了日本。现在拜读大著原稿，心里很高兴。钟少华先生确实下了很大的功夫，对比了中国和日本的百科全书的情况，通过它我们对中日两国的近代史、现代史又更丰富了侧面的知识。

百科全书的产生是对神学的反抗。这我跟钟少华先生和几个学生一起访问天理图书馆看了法国大百科全书的原本时，深刻体会了。那里有人类知识体系表，让人们告知，人应该怎样组织自己的知识。

我知道日本知识界很喜欢（可以说"偏爱"）用"近代"这个词儿，而中国则相反。总之，百科全书是工具书，但它本身超越了工具书的界限。那么，本书的最后钟少华先生提议由联合国编人类百科全书，它已经超过了"近代史"。

姑且不提人类未来的知识蓝图，我想我们应该更多地、更好地利用现成的百科全书。越多地、越好地利用它，我们的知识越加深越加丰富，而思考的方向更正确、踏实。

如果我们具备更完善的图书馆，能利用新出版的百科全书的同时，也能参考以前出版的百科全书的同一个项目的话，我们就会发现我们是怎样走来的。我觉得这个反省也重要。辛亏钟先生的这本也提到了这方面，它很有启发性。

我想这本书虽然没有联系到近代史上的大事件，但如果读者自己思考着读它，会发现近代史的另一个侧面。而这侧面是人们以前忽略的。我们现在是不是也忽视应该注意的文化的主要侧面，而将来又一次后悔？

我非常感谢钟少华先生以辛勤劳动和深刻思考，写成这样珍贵的精神作品。

（日本）竹内实

1996.4.1

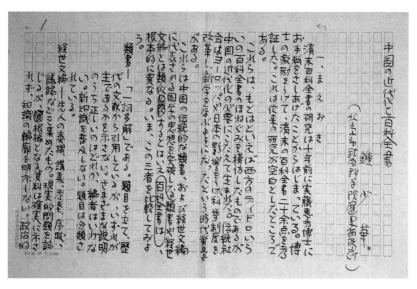

竹内实关于中国近代百科全书的文章

我自己则在"后记"中写道：

我曾在一篇文章中说过，我自幼喜欢自然科学，但不幸掉进社会科学的魔圈。其心情之复杂，是我自己也说不清楚的。但按照生活在30—90年代的中国人来说，已经可以划进幸运者行列了，因为马克思在天之灵已经允许我混迹"社会科学界"十几年。如果他"不允许"的话，也就要看"文化大革命"把我"革"到什么历史垃圾堆里了。

…………

早在1982年，我被茅以升院士的忠告所震动，他要我去"横向综合地研究"他们那一代人，我就认真地去尝试做：一方面用口述方法为大量老人录音，另外就是去旧书店买书。我在旧书店看书的时间比在图书馆还长，慢慢地就感到有一些旧书古怪，分不清是哪类书。正好看到中国大百科总编辑姜椿芳老先生的一篇文章，说中国以前没有百科，他编的是中国第一部百科。我就拿了两部线装书去向他请教，难得姜老热情接待我这无名小辈，他还肯定我的意见，那两部书是百科；鼓励我做"有心人"，深入研究下去。于是我就去"搜刮"了，真是越找书越怪，书价也越高，幸亏有启功先生的支持，我总算买到一些清末百科全书。有书就可以看，可以琢磨，何况姜老还曾鼓励我向《百科知识》投稿。但是该刊发表我的一篇文章之后，就不同意再介绍其他清末百科了。我不知其中缘由，但我想，恐怕是我尚不能全面掌握之故，于是我更沉迷在清末百科之中。其间，我感到有些书籍看不到，而在日本实藤惠秀博士的"实藤文库"中有，他是家父老友，我曾经向他请教多年，所以又写信去问。不料他回信说："应该由你自己去研究了。"可见这个课题连一些线索也难找。

…………

另一件事，是我遇到了一位在北京认识的日本教授，吃茶间，他突然批评起我的研究方法来。他坚决地认为：研究只能是纵向的，即只能一门学科从头做到尾，不论物理、化学都如此，才能叫做研究；而不能横向搞，那不叫学问。我也只好明确告诉他：学问可以纵向搞，也可以横向搞，谁也不能规定；而且当今世界上的学问发展方向之一，就是向综合努力；我研究百科全书史、百科思想和百科方法，是很自然的事情。我们之间的谈话，是在两位留学生翻译之间进行。不欢而散后，一位留学生对我说，这次谈话吓得她够呛。我则从中领会到某些日本学者对百科的态度。

…………

本来我是想从考据入手，说清楚中日近代百科的来龙去脉。但由于我买了台电脑386，打字打上了瘾，很是欣赏这种现代化工具，又引来我胡思乱想。结果是我改变了初衷，百科全书史成为一种文化导引剂，想将我的思想推导一下。本书就从文化学、知识学入手，归结到我的"人类知识百科全书"这个"知识台阶"上去了。如果按照国内某些哲学家、史学家、辩证法家、国学家的一贯正确观点，我这样写书，恐怕是要被拒之门外的。但电脑不拒绝我打的任何一个字，我就这样随心信手打出来了。读者们尽可从中选择和评论，欢迎之至！

谨以本书献给我的父母：我父亲在学术上的进取精神指导了我；我母亲在做人上的宽容精神教育了我，才使得我能够进行如此不随波逐流的研究。

第七章
启功—"猪跑学"—解读中国传统文化

我平生最幸福的际遇，就是机缘巧合成为启功老爷子的邻居。

按说，我的青年时期，全是在北师大宿舍度过，那些语言文字大师，我是天天见到听到，但我反倒是被中国语言文字的深奥吓倒了，那数不清的古典文献，念不清的汉语音韵，看不懂的繁体字形，都在暗示我：这是一个无底的黑洞，掉进去就永无宁日的。所以我虽然好奇，但还是略有自知之明，也是自顾不暇，哪里有心思去求教学习呢？记得是在"文革"开始时，我在前门外一家卖"多余物资"的小店，花 5 分钱买了几副迷你空白对联。1972 年，我突然想在我们全家居住的 20 平米房子里（原学生宿舍 12 楼）挂上一副对联，表示全家已经改造得差不多且有在此长住久安之意。但需要有人写些字在白纸手头。我就想起启功老爷子了。可是，在之前，我还没有同他说过话。幸好，我的父母是同他在一起接受"再教育"的。我将迷你对联拿给母亲，说想麻烦启老爷子给写几个字。几天后一个中午，我正在屋里，母亲在门口外的煤炉上做饭，突然听见母亲在与人说话。我开门一看，原来是启老爷子匆匆走过来，夹肢

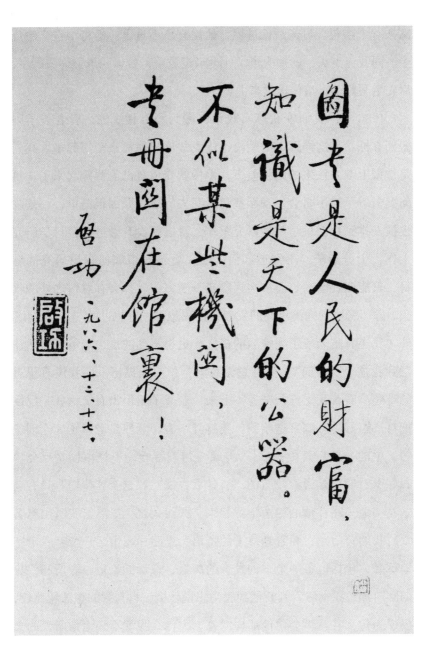

图书是人民的财富，知识是天下的公器。不似某些机构，专册图在馆裹！

启功 一九八六、十二、十七、

启功先生题词

窝夹着个小包。母亲请他进屋，他说有事不进了。他将小包交给母亲，同我点点头，就掉头走了。母亲走进屋，告诉我说：你要的字，启先生写好了，给你送过来了。

1980年，我们家获落实政策，搬到小红楼2栋，启老爷子则搬到6栋。就这样百米的距离，让我父母与他往来密切起来。我先是被派上双方往来的跑腿差事，慢慢就变成自己需要跑起来了，更何况老爷子时不时会主动派些活给我去完成。原因很简单，一是我也被安排到社会科学院做研究工作，我以前没有做过社会科学研究工作，十分迷茫，不知道如何入手，更不知道如何写想研究的题目，只能四处请教。而每次到启老爷子家中，都会有意料之外的收获，除了旁听他向满座高朋发表各种我想都没有想过的"奇谈怪论"外，我还有陪老爷子喝啤酒的福气。更想不到的是，老爷子显然注意到我这个"棒槌"。他有意无意间，总向我提出一些我没有想过的难题。看着我支支吾吾答不上来，老爷子不但没有笑话我，反倒把自己写好的一幅字送给我。我打开一看，竟然是老爷子《论词绝句》中的一首。其中一联："美成一句三吞吐，不是填词是反刍。"我好歹看明白是说给我听的。有什么办法？我这个"棒槌"只有老老实实地去赖在他的门边学习起来。久而久之，居然给我听出点名堂。我的窍门是，顺着老爷子的言语、思路和表情，一个字一个字地琢磨，包括他每一个字词发音的高低、音调的长短、表情和手势的倾向等，我学习着判断他到底是想说什么，再与我的想法相比较，反思为什么我就不会像他那样回答、为什么我就不知道他所说的文献所在。渐渐我就自己明白了：所谓学问，就是要这样一句一句地琢磨，才有可能获得一点知识。我就这样自愿在老爷子门口当看门人十余年，也就是老老实实拜师偷艺十余年。每次聊完吃罢回到家，老爷子的话还常常在我脑子里打转，特别是一些还搞不懂的事情。我也就变成狗熊掰棒子，只剩下一点点记忆。直到21世纪初，我才萌生记下来的想法，回家找张小纸，记上几句。老爷子走后，我想整理出来，但除了百余条，其他全都泥牛入海了。至今后悔不已。

到90年代，经常是这样的：老爷子只要有空，自己打电话过来，我立马就奔过去，一见他面，他就京剧起板来一句"我来问你"，然后才有具体问话。内容是五花八门，从国际国内大事，到师大院子里的花边新闻，或者名人轶事，家中琐事，甚至最新科技讯息，有时候是古汉语中某一个字词的意思、民间俗语的来龙去脉等，他都要求我给出一个回答。他还就着我的回答再仔细追问内容，直到我回答不出来为止。我被他逼得只好每天像备课一样，浏览时事，研读书本，注意学术新动态，还要先想一想自己的看法，好在他面前不至于像个傻子。而他每一次都是很热忱地仔细地与我探询和论辩，最后露出心满意足的笑容才算了。我很久以后才明白，他其实是在给我上课，上"猪跑学"的课。这是他学习的方法，也是他教学的方法，这就叫"教学相长"。我就像是一个私塾里的笨学生，老师耳提面命十余年，才算略为开窍。到后来，老爷子干脆拿出两个暑假的时间，只是以我给他录音的名义，各讲了十次，我统共录了20盒录音带。每次开讲，他是正襟危坐，不同我笑谈，待我安排好录音设备，按下录音键，他面对空荡荡的桌面，开口就讲，深思的话语一串一串地蹦出来，完全不用讲稿，一直讲半个小时。到我要换录音带了，他才停下来。我则被他深厚的学问惊呆了。

我曾看到无数的人跟他要字、蹭字、学字，天天看，看多了，于是也萌生帮助老爷子写字，自己也可以借写字发点财的想法。何况我已经从多年观察中看清楚老爷子写字的程序。于是我尝试从旁观者来到帮老爷子打下手的位置，不料一上手，程序虽然记得，但手指却似僵硬的，连扶纸研墨都把握不住，只好自己聪明地放弃打下手。后来只剩下老爷子的字写好后，老爷子允许我在他盖章后，用笔刷往上涂弹点粉，这是最后一道工序。但我心里不服，有一次居然发牢骚讲出来，我说：老爷子，早知道向你学写字，我也能够当点饭吃啦。老爷子笑一笑，不回答我，只是递给我写好的一幅字，说："你买书去吧。"唉，说起买书，我之所以能够买到万余册书刊，基本上全是用老爷子的书法作品换来的。记得有一年，"国学"的宣传突然铺天盖地，有位北大的教授发表谈话，说21世纪与世界接轨的学问就是国学。我拿去念给老爷子听，我说这太荒唐了，"国学"是什么？我要整理一下。老爷子就递给我一幅字，我转手就交给了拍卖行，立马给了我1万元。我就直奔中国书店去搜书，结果给我搜到1949年以前出版的关于"国学"的研究专著40余本。我将这些专著按照一般的文献学方法，区分定义、产生缘由、分类、方法、内涵等一一梳理后，写成一篇《近代中国之"国学"研究》，在《学术研究》杂志发表后，《新华文摘》全文转载。全文我都没有讨论接轨不接轨的问题，而是按照历史唯物主义，将前辈们的认知和盘端出，使得问题不言自明。老爷子看到我发表的文章时，对我竖起大拇指。

老爷子教导我的有趣事情颇多，这里仅讲述一点点，那是在1999年2月，《中华读书报》发表了一篇文章，题目是"孟子变成'门修斯'——学术界必须关注的问题"，作者批评了1998年出版的一部翻译的学术专著，由于译者、校者、出版者都没有搞明白，硬是把英文的"Mencius"翻译成"门修斯"，而不是中国人都知道的"孟子"。我读到此文，就当作一件趣事，拿报纸念给老爷子听。不料老爷子听后，只对我说道："你去拿录音机来，我要说上一段。"我立即照办，拿来录音机给他录音。整理成文，拿给老爷子审阅后，我即寄到中华读书报社。3月10日，报纸刊登了全文。后来，我将录音机利用起来，基本上他的见解、言论，我用从旁描述的方法，整理成文，经过他的审阅，拿去发表，或者留存。2003年，我为老爷子录了"谈谈李叔同先生的为人与绘画"。李叔同先生是老爷子平生最敬佩的人，老爷子曾经说过"李叔同是社会主义第一人"。老爷子手捻念珠，大声而且清晰地道来。今天我想起来，不禁动容。至于我借他的思想言行所写的，就有《我是胡人，我讲猪跑学——启功前辈为人与为学》《我投兔儿爷一票——听启功先生谈兔儿爷》《寿星抗非典的情怀》，等等。

老爷子在2005年仙逝，我在悲痛之余，写了两篇纪念性文章《老爷子，我看这启功文化现象是……》《我追随启功先生学习猪跑学——献在先生墓前》。在后一篇文章中，我提出自己通过学习老爷子的"猪跑学"，懂得从三个方面去理解：（1）懂得中文研究的基础；（2）懂得认识中文文献；（3）懂得研究中文的方法。我把注意力聚焦到"猪跑学"这个概念上面，因我曾对老爷子半开玩笑地说过："老爷子，你是大猪跑学，我要做小猪跑学。"这是玩笑话，也确实是我的誓言。但难度很大，虽有《启功全集》，但要读明白是要努力的。我在老爷子仙逝后，将研究重心转到中文概念史、中文变革史、中文言语史、近代中文辞书史等课题上。忙到2016年，在出版了十几部专著之后，我开始第二次仔细研读《启功全集》。经过思考，我按照老爷子讲述的"八股文"的格式展开，终于决定开始撰写《启功学术思想研究——猪跑学析》。写起来倒是快，十个月时光就完工了。后来蒙澳门理工学院院长和林发钦所长不弃，予以出版繁体字版。简体字版《学术启功》由广东人民出版社出版。

启功先生貌似笑谈的"猪跑学"，作为学问的核心思想，依我的理解，是解读中国传统文化的一把钥匙。老爷子一生都在讲授大学国文课，其内容、思想关乎中国人千百年来积淀的认知、生活诉求和判断。古代文献堆积如山，老爷子担此重任几十年，就是想把中国文化的实际状况、中国人的思想方法、中国人积淀的文献等，通过他的理解，教会学生应该如何学习中国文化的基本内涵和思想。此事说来容易，实践起来确实比登天还难。1985年，老爷子写过这样一幅字：

我做教师时常想，自己学透了吗？把人教会了吗？

我做学生时常想，知识来得容易吗？受到的启发珍贵吗？

曾经想过的几句话，敬献给第一个教师节

一九八五年七月

启功（印）

我是做过学生，也做过教师的，当然明白这四问的分量之重。做教师的时候，如果能够想到"自己学透了吗"，这已经是很高的要求。掌握和运用学到的知识那是基本要求，而想要"学透"，那就是很高的标准了。就算"学透"了，但是能不能够"教会"学生呢？要"教会"，这可是难上加难了。因为你必须了解你的教育对象，把你的心里话，能够聪明地、清晰地变成他的内涵。这是教与学的最高境界吧。同理，一个人如果把自己一生都看作是不断学习的过程，还要不断地问自己，学习知识容易吗？接受到外来的启发是要珍惜自重，这恐怕才是孔夫子所讲的"吾日三省吾身"的真正内涵，也是"教学相长"的真正诠释！老爷子将自己做一辈子教师的自剖自析的思考，奉献给中国第一个教师节，这是给全国师生多么珍贵的礼物啊！这也应该是我们一生的座右铭！

《启功学术思想研究——猪跑学析》，是我学习启功学术思想的心得，也是我解读"猪跑学"的笔记。第一章《起》就是我的认知方式去学习的结果。全章如下：

一、从"猪跑学"的词义说起

启功先生的学问，一言以蔽之，就可以用他自己得意的宣称——猪跑学来作代表。这是研究中国学问的基石，在中国也是全新的方法和思想。

"猪跑学"是什么含义呢？

古汉语中有"猪"字、"跑"字、"学"字，各有其义，互不相联。只有到 20 世纪的启功先生，将此三字联成一个专用词"猪跑学"，以此开拓了一个学术新门。

"猪"是一种生物，与人为邻多少万年。其体，为中国人喜爱的食物。其形，为中国人所熟知，四条短腿，载着肥头大耳胖墩墩的肉体，绝对不是百米赛冠军的争夺者。其思想呢？不知道有没有中国人研究过？也许早就与猪八戒先生混同了？

"跑"是人类多年历练来的一种体能，是自然人自身移动最快的方法，要比爬、滚、踱步快得多。

"学"字在古汉语中是长年的热词，"学"字本身与"斅""效""教""校"字同源近义，就是说，"学"可以作"效"解，也可以作"教"解，也可以作"校"解，彰显古人推崇求学。而具体将"学"字与别的字合成词，在古汉语中相对较少，仅有"字学""文学""书学"等词。启功先生作为20世纪40年代的中文教授，自然浸润其间；但他同时也接受了五四新文化运动的洗礼，所以他了解近代新增加的大量学科，全是以"××学"的形式出现。而每一个"××学"的基本要素，是需要具备以下六项内涵的：一是该学的定义；二是该学的体系结构；三是该学的理论概念；四是该学的文化价值；五是该学的方法；六是该学的沿革。

"猪跑"，是古人习见的生活中的现象，那么，怎么能够与"学"联系到一起呢？

以启功的饱学而不泥古的深刻思想，他更是深知旧学、新学之优缺点，于是将这三个字合成"猪跑学"，成就他学术思想的高峰，成就一世风范。那么，到底这"猪跑学"该如何理解？如何学习呢？

笔者幸运地和启功老爷子做了多年邻居，蒙他不弃，获耳提面命，获益良多。记得在80年代初，笔者在他的浮光掠影楼中，聆听他的高谈阔论，初次听他轻松地回答学生的问题，明确他说自己是做"猪跑学"的。我也与其他听者一样，一头雾水。再听到老爷子轻松地说出北京俗话"没有吃过猪肉，还没有见过猪跑"，我同其他听者一样，自以为懂了。为了掩盖自己的愚蠢，也就跟着咧嘴笑一笑。但我分明看到老爷子自己却毫无笑意，反倒把眼光严肃地扫过我们这些年轻的新一代人。

听过多次以后，心中的疑问愈来愈大，却又不敢细问。直到90年代，老爷子利用两个暑假给我单独录音上课。他开讲时，正襟危坐，桌上没有片纸。他一开口就沉浸在自己的学问中，脸部表情随着内容而舒展，仿佛中国古代文献中的人物、事件早在他的脑子里排好队，只等着他的指令鱼贯而出。我一边关照着录音机，一边就如看他在虚空中调度着一场大型京剧的演出。这边锣鼓方歇，各色角色登场，生旦净末丑摆开身段，唱念做打，声声入云。而老爷子如高在云端的总提调，让一出出精彩场面声文俱佳依次展现。我不懂戏曲，对内容所知不多，但是对他的表述完全折服。一个钟头后要换录音带，老爷子才停下来，显然意犹未尽，拿起杯子，喝口雪碧或啤酒，脸上堆满笑意，犹如战马暂歇，随时准备再奔腾进他的精神世界。笔者也是费了多年思索，一再拜读启功先生的原著，才略有所得。本书正是展现笔者学习后的一些思考。

依愚见，启功先生用"猪跑学"来表达他对学问的见解，现在已经没有办法让先生自己给出一个精确的定义了。我们只能从中揣测，先生想出这个词儿时的激愤，加添上习常的幽默、坚定的自信，才将一句北京俗语升华到一个学科的地位。……光是从字面上看，就已经与古代的"经、史、子、集"名称全然不同，而其实质，则是全新的符合现代知识的。虽然同是关注中国文化建设的命运，虽然同样是清理中国遗存的文献，但是名称、方法、概念、思想体系等，已然在新的科学的认知基础之上。同时，"猪跑学"概念的形成，也是对像仅膜拜中国封建学术那样仅膜拜西方学术的"精英"们的批判。中国人为什么就不能够建立自己的新学科？老爷子有骨气，有胆识，有认知的基础，当然就会唱出时代最响亮的声音，迈向中国学术的最前沿。那些凝固的"国学大师"要是想反对，恐怕一时也找不到下咀的缝。他们要是反而捧杀，恐怕也是鸡与鸭的对话，难以让年轻的学子信服。他们要是想稀里糊涂地认作先生无奈的笑谈，那可就遂了先生的意愿啦。因为，猪跑学是为年轻的晚辈学子准备的，不是给他们拿来认作在"国学"名义下的同流合污的名称。以后的中外学子，只要是想了解中国学术是怎么样的内涵，读一读启功先生的书就一定有答案。

本书力图剖析启功学术思想，也即研究"猪跑学"内涵的要义。

二、启功—学术思想—研究

1. 启功之初心

启功先生艰难的身世，已经在他自己的《启功口述历史》一书中，介绍得清清楚楚，完全不需要笔者重抄。……20世纪初，中国学术界的整体状况和目标，就面对着两方面的极大压力：一方面是传统封建文化强力抑制民族的进步发展；一方面是西方传来的新文化因素，吸引着中国新知识分子走向世界。……在20世纪前半叶，形成两个极端的趋势：一是牢守传统学术思想、方法和语言，抵制新知识的吸收；一是全面接受西方（包括日本）新知识思想、方法和语言，贬斥传统学术思想、方法和语言。而事实是，极端的向东或向西，都只是个别人的鼓吹幻想，都是实现不了的。反倒是，在两个极端中间的大量学术圈内人，他们的理性原则，不管是偏东多少、偏西多少，总是守着自以为是"中庸"的愿望，再依据他们眼中的世界，作出自己求知的贡献。20 世纪前半叶的中国学术圈内人确实作出了中国历史上空前的贡献，表现在对应的两方面。一方面，针对数千年积淀的庞杂的中国文献，以空前的魄力和新的思想方法进行全面的梳理，……由此涌现出一批新知识的大家，他们的成绩远远超过清代 300 年来的训诂学、文献学的成果。……另一方面，则是大力吸收以西方新知识为代表的人类知识，从理论到思想、内容、方法等各个方面，涵盖西方的人文科学、自然科学、社会科学、语言科学和艺术的多个学科，许多留学生更是直接投入其中，在翻译、教学和实践中取得空前的成绩。其中许多学术出版物至今不但不过时，还被称为"经典"作品。我们只需要浏览 1949 年以前出版的 400 部百科辞书，千余部数、理、化、天、地、生专著，数百部西医、中医专著，数百部哲学专著，数百部社会学专著，数百部语言学专著，数百部法律学专著，数百部宗教专著，数百部政治学专著，数百部中国古籍整理专著，以及丰富的大中小学教科书、新式文学艺术戏剧电影作品，等等，就会明白近代中国第一代学人为中国学术更新发展所作出的巨大贡献。启功先生的前半生，就是浸润其间，得其精华而成长。

启功先生在 66 岁时所写"自撰墓志铭"称自己是"中学生，副教授"，就精确明示自己前半生的经历。这两句话在现代人眼中，根本没有关联，而这确实是启功先生前半生的写照，其中不知充满了多少辛酸血泪。以他所曾接受的私塾、北京汇文小学毕业、北京汇文中学高中肄业的史料来看，填写文化程度只能是"中学生"无疑。但是如果我们翻开1931年汇文学校"辛未（1931）年刊"，上面刊载"密斯脱启功"为毕业同学写的《一九三一级级史》，就能展现这位年轻人眼中的中国学术环境和对于世界的认知、对于未来的憧憬。他写道："故于教，则三育并施。于学，则四维互励。教学相长，颇有可述者焉。若夫颐志典坟，驰情词赋，经史子集，追缅古人，沟通万国，移译殊音。每有佳章妙制，莫不丰采彬彬。嘉名所系，首属乎文。至若新进文明，物质是尚；骎骎列强，恃此而振。藉彼流传，补我放失。执柯伐柯，取则不远。故今日穷理之学，尤为当世所望……"

短短几句话，就将当年北平一所普通教会中学的教育精神与内容清晰地表达出来。对于中国传统学问，他们"颐志典坟，驰情词赋，经史子集，追缅古人"。请注意，他们是"颐志"，是"驰情"，绝非强迫灌输，更没有弃之如敝屣。而对于西方传来的新知识，他们"沟通万国，移译殊音。每有佳章妙制，莫不丰采彬彬……至若新进文明……藉彼流传，补我放失。执柯伐柯，取则不远"。如此清晰地对待新知识，实在是最佳的思想与行为。尤其是他还写道："故今日穷理之学，尤为当世所望。"他能够注重"穷理之学"（当年对"哲学"的一种译法），并寄以期望，在今天来说，这应该是一种超前的认知。

"密斯脱启功"对自己所在的学习环境，也有所评论。他写道："每见课余之暇，三五相聚于藏书之室，切磋琢磨，同德共勉，为五年率。攘攘熙熙，相观而善。暇则或为指陈当务之文，或作坚白纵横之辩，或出滑稽梯突之言，或好嬉笑怒骂之论，往往有微旨深意，寓于其间。"先生的真率言语，刻画出青年人多么幸福的学习环境啊，不需要学说假话，不需要担心前途困境，在友情的浸润下，纵情抒发中国年轻人的求知梦想，打下他们一生最扎实的基础。

"密斯脱启功"行文至此，话锋一转，借与旁人的对话，剑锋直指当时中国的学术风气与教育制度。他写道："曰：予闻今之治学者，唯利是趋，唯弊是营。岁月忽忽，而泄泄以误少年。父兄谞谞，而蔑蔑以负重托。作怪民为先导，听众论如蝇声。遂过失而助其长，见善举而损其成。营饰其表，意在多金之获。支离其说，专蔽善性之明。教者咨延饱学，滥竽皆为奇货。学者不钦正道，纨绮犹是高风。甚者日高坚卧，谬托南阳之士。月明走马，公为濮上之行。酒食争逐以为常，歌舞倡和以为课。竞习顽强，雅名磊落。翻覆算权谋，阴险能蛊惑。群儿善讼，举国若狂。傲逸盘游，诟遗遐迹。教育之弊，乃若是乎？予笑而应之，曰：君将为今学之董狐耶？前所云云，亦或不谬，然吾校固无是也。惟勉钦明德，期我全人共奋图之。"

这段话简直是神来之笔，把中国特色的学术毛病和盘托出，以文言文的方式表达其核心的偏差，至今依然有效。今天的年轻人恐怕难以想象，20世纪30年代一位年轻人竟能有如此精准、深刻、科学的思想及扎实的文言文的写作功底。无怪乎当年辅仁大学校长陈垣会将他直接提拔到辅仁任国文教员，仅看这一篇八股文就够格了。笔者面对"密斯脱启功"年轻时宏大而清晰的学术思想，由衷地佩服。如果随便选几位年轻时留下"书生文章"的政治家或学者，做一些简单比较，笔者更喜欢启功先生的深刻与广博，既非大言不惭，更非天马行空的幻想。我们也可以看到，启功先生终生的学术思想一以贯之，对传统文化和西方文化，都一直采取求知的原则与认真学习的方法，并在他60余年所坚守的教师位置中发挥得淋漓尽致。启功先生晚年在口述回忆录时，自己总结道："这种开放式的、全方位的现代教育还是给我留下很深的印象。我觉得它确实比那种封闭式的、教育内容相对保守单一的私塾教育进步得多。最主要的是这种教育为孩子身心的自然发展提供了远比旧式教育广阔得多的空间。……这种童真和童趣是非常值得珍惜的，有了它，人格才能完整。……总之，我不是提倡淘气，但兴趣是不可抹杀的，在这样的学校，每天都有新鲜有趣的事发生，大家生活、学习起来饶有兴致。"

2. 学术思想

"学术"一词，在古汉语中有所显现，但没有一位古人给出"学术"一词的定义。如清朝邓显鹤写道："近时儒硕又厌薄程朱务争胜于一名一物，拾末而遗本，语细而昧大，学术所关，非细故也。"直到1936年，第一版《辞海》上，出现一个定义是："统指一切学问而言。"这种诠释相当宽泛模糊，但在近代使用普遍，处于知识分子醉心研究自然科学、社会科学、语言科学以及艺术等方面的最高位置。近代翻译家还将之对应英文"Science"，其实，就是"学术"必须要符合科学的原则、科学的方法、科学的论证和科学的实践。现代中国人普遍使用"学术"一词，但还是缺乏准确的定义，因而，"学术"与"非学术"的界限也多模糊，并且很难具体加以区分。恰好，启功先生自己在他的口述历史中，以他自己的亲身经历说明中国现代"学术"是什么意思。他说道：

"说起学术著作的写作，不能不提到一段富有传奇色彩的经历。1949年后，学术批评往往和政治运动掺和在一起，或者说政治运动往往借学术问题而发端，学术问题最后上纲为政治问题。……其中之一就是1965年发动的对王羲之《兰亭序》真伪的辩论上。……陈伯达把这样一本《兰亭序》及跋送给郭老，目的很明显，就是让郭老带头从这方面做文章，看是否能钓起大鱼来。郭老自然也明白其中的用意，便做起文章……在这之前我曾写过一篇《兰亭帖考》的文章，认为《兰亭序》是真的（指《兰亭序》原作是王羲之的手笔，现流传的都是根据原作摹写的）……所以要讨论这个问题就须我重新表态……郭老就让钱杏邨找我谈话……我听了暗暗叫苦不迭，心想我原来是不同意随便说《兰亭》是假的，一直坚持现存的定武本和唐摹本都是王羲之原作的复制品，这可怎么转弯啊？但形势已经非常明显，这已不是书法史和学术问题了，而是把学术问题政治化了，而且是'钦点'要我写文章……好，我索性就在这上面做文章，让明眼人一看就知道我是在言不由衷。于是我写道：'及至读了郭沫若同志的文章，说《丧乱帖》和《宝子贴》《杨阳贴》等有一脉相通之处，使我的理解活泼多了。'抓住这一点，我的思路果然'活泼'多了……第二天就见报了，可见它是一篇特稿……完后陈校长又说：'你以后发表文章一定先给我看，要不然拿出去发表，指不定捅什么娄子呢？'我连忙答应，但心里想：这种言不由衷的拍马屁文章拿给您看，您还不气得撅胡子，能让我发吗？现在想起来，我非常得意我的'聪明'，找到了一个既能来个一百八十度大转弯的借口，又表明了我这个转弯完全是言不由衷的违心话……后来有关的文章被编辑成《兰亭论辩》一书，其中的序言果然明确指出赞成不赞成《兰亭》是真是假是一场唯心史观和唯物史观的政治斗争。……幸亏'兰亭论辩'半道收场，如果由它闹下去，我就被卷进革命风暴的漩涡里，干系就更大，想拔都拔不出来。这种拿学术讨论来钓'政治鱼'的手段实在是知识分子最害怕、最头疼的做法，后来我在编辑我的文集时坚决删去了这篇文章。"

显然，在启功先生心目中，"学术"概念（内涵、原则、运用、探求等）是很清楚的，而"政治"或"经济"等概念也是十分清楚的。它们之间存在着难以逾越的深沟。……

启功先生一生乐在学术圈中，苦在学术圈中，笔者在本书中仅是学习并力图记述他在学术圈中的一些见解。

3. 研究

"研究"的方法很多，自从古希腊亚里士多德建立学术体系以来，方法在各个学科中都饱经理论及实践的验证，形成不计其数的具体的方法。中国目前习惯地区分为哲学方法、自然科学方法、社会科学方法、人文科学方法、语言学方法等，而把某一类专业学者，限定在其学科内使用相应方法。这其实很不科学，方法从来是实践与理论中总结出来的，本身是没有国界区分，也难说学科区分的。特别是哲学方法本身，就是对人类思想的研究方法，是适用在人类所形成的各门专业学科中的。

"研究"这个定义，用在启功先生一生的学术研究上，则是十分恰当的。本书核心内容，就是"启功学术思想研究"，这自然是笔者学习与研究"启功学术思想"的粗略见解，其中若有差错，也只能是笔者学习认知有误，错解了启功先生的学术思想，更祈方家教正。笔者主要从以下六个方面介绍启功先生的学术思想研究：叙述、判断、疑问、方法、描写、情感。

第二至第七章，则介绍我学习中的领会。第二章《叙述》，通过介绍启功先生在学术叙述中的例子，分享我自己的体会。我写道：

口述和用笔写文章对某一事物进行叙述，似乎人人都会，但是，言不达意的情况是经常发生的，叙述成为读书人的基本功，能够清晰并且准确地叙述一件事的过程、一个人的特质、一个理念的形成等，都并非易事。叙述包括说真话和说假话，叙述可能是呆板，前后逻辑混乱，废话、空话、浑话等，叙述也可能是真情倾泻、动人心弦、一句顶一万句等，这都需要听者和读者仔细区分，从中获得真知灼见或防止上当受骗。上文提及的叙述，是可能会对内容本质产生正面加强或反面曲解效果的。

启功先生的口述和文章中的叙述方法是很高明的，在对复杂繁多的事情进行叙述时，他所想表述的重点，总是很突出，能够让你很快把握关键所在，并且是在一种严密逻辑的推导下出现，也许读者当时并没有料想到，但很自然就叹服其实质的说服力。启功先生叙述时所用的字词语句，贯穿他一生的风格，陌生人初听似乎觉得平易无奇，但在确定到了关键转折点时，他的教师本领就突兀而出，让你乖乖地跟着内容进入新境界，似乎脑洞大开一般，会很容易接受他叙述的内容，即便是掩卷再思，他叙述的内容依然会凝聚在你的脑海中，几乎能够重叙出来。更有特色的是，他的叙述经常是与史实、文献结合在一起，绝非空对空的理论叙述，更非用空洞的形容词裹起来。每一件事情的来龙去脉及思想变化，全都脉络清晰，而又不臃肿啰唆。

在启功先生的书中，随处可见他的行文叙述，笔者仅选取几个案例，以见一斑。

第三章《判断》，同样是介绍启功先生在学术判断中的例子。我记下自己的学习体会：

一个人生活在社会中，一生都需要思维，而思维的起点就是"判断"。当我们的感官接收到外界事物的刺激时，会引起我们去认知事物的表征，并试图加以解释，确定具体事物与其属性间的关系，以及我们对于这关系的认知，以符合我们生活的必需。对这种"判断"进行分析，就会明白其中包含两种活动：一是对于事物的认知；一是对于事物的解释。这两种活动，都需要通过"分析"与"综合"两类方法，而且缺一不可。单一地分析事物现象，无法做出合理的判断；单一地综合事物的现象，同样也难以有合理的判断。虽然分析与综合的作用是完全相反的，我们的思维能使其协调，但这并非易事，有时候还需要同时进行综合的考察和分析，从中获得适合的判断结论，这确实需要夯实的知识基础和严密的逻辑方法才有可能。人们普遍关心判断的真伪问题，这也是造成人们生活中错乱模糊的普遍现象，古希腊哲学家亚里士多德说过："真伪是判断特有的性质。"因为事物本身是没有真伪问题的，而是人们的各种自我判断硬加到事物头上造成的。那么，判断能够被接受的主要条件就应该是：一个判断如果在形式和实质两方面都能够有效，才可以称为"真的判断"，如果仅有一方面有效，那就只能是"伪的判断"。那么，我们在进行判断时，就不能随意地编派结论，我们应当遵循一定的进程，依照严密的论证，从理论上或事实上都可以必然地获得一定的结论。这种判断的必然性是随着人类知识的进展而逐渐确定，可以由人的感官来判断，也可以根据人的知识逻辑而得知。这就在事实上造成个人的判断并不能百分百准确，我们的认知判断经常会出现谬误。例如：在众多因素中选择非关键因素而造成判断的谬误（如魔术）；在私利私欲促使下的盲视而造成的谬误（如点石成金）；对事物不精确的估计所造成的谬误；对眼前事情不做因果关系的分析而盲目判断的谬误；轻信暗示和迷信的谬误；崇拜常识而拒绝知识所产生的谬误，等等。"判断"可以分为性质判断、分量判断、因果判断、价值判断（在事实判断之后）。而如果从语言学角度看，"判断"的表述可以分为连合句式、缘何句式、结承句式、转捩句式、相关句式、排他句式、除外句式、比较句式、重叠句式等。

学术判断就是专注学术所产生的问题、谬误、疑虑、狂想、荒唐等，以及排除非学术私利的扰乱，而进行认真的、有知识基础的、符合严密逻辑的"真的判断"。……学术判断的根本，是自由地说出其见解，是百家争鸣中的一家而已，允许不允许都要接受别人的不同判断，并可以进行再辩证。……

启功先生一生浸润在中国学术圈中，并通过教学把他的学术判断传递给一代又一代青年人。他的学术判断涉猎范围之广，在中国历史文化的文献领域内，真是包含上下几千年；他所判断的事情和人物特点，真情实意，说服力强。我们都知道，中国文献在数千年的积淀下，留下的史料之丰富，是世界文明古国中特别多的，但同时也是特别复杂混乱的，由于长时间缺乏整理，甚至连文献分类方法都来回变化。如果细看某一种在历史上就形成歧义歧解的文献，且不说解释得对不对，而是解释的差异之大，就令后人摸不着头脑，似乎谁都有理，而谁也说服不了别人，判断就成了猜测。启功先生教学一生，对于这些文献内容的作者、版本、关键字词句等，都太熟悉了，而且需要他清晰地介绍给学生，因而便有了他的一件一件的判断，积累如山，足够后人仔细学习、分析和利用。他的判断用词，特别突出关键点，抓住核心疑虑，视野广阔，明快易懂，逻辑清晰，能够触及读者思想的深处，绝不穿凿附会，绝不以"导师资格"硬压别人。

下面笔者只能选择他的一部分学术判断，以为后人借鉴。

第四章《疑问》同样是启功先生的学术疑问，我从中学习到的体会是：

疑问也是学术研究中常用的，只是要知道，疑什么，问什么，都是有讲究的。一个人对另一个人、一件事、一句话有了疑心，这就成为研究的开始。古代佛书上就有记载，说有一个阿难，"亲随世尊所教法，必处处疑问世尊"。这位世尊的大弟子，都"必处处疑问世尊"，可见学习研究"疑问"，是多么重要的事。

具体的一个"疑"的思想在脑海中出现，到"问"出来，再到"问"的衍变深入，应该是一个复杂的逻辑推理及实践的过程，问者和被问者都能够从中获得巨大且深刻的认知本领。笔者常半开玩笑地对年轻人说："学问学问，就是学会问。"你要是学会问了，已经就是在做学问了。现在我们从本章看到启功先生所疑问的几个问题，就明白先生为何有疑，又是在什么样的思考研究以后，采用什么样的形式问出来的。我们实在是应该换位思考，也来顺藤摸瓜地"疑问"一番，肯定会大有收获。反过来说，如果缺乏独立思辨精神，如果没有提出疑问的本领，这样的人还是不要做学问为好。

第五章《方法》，我的体验如下：

现代的学者，如果已经掌握了某个主题的研究思路、基本文献，也想将相关文献表述得清楚，好让读者理解，其中关键还有一点，就是表达的方法。满腹经纶如果说不出来，写不出来，那也只是茶壶里的饺子——倒不出来，能倒出来的也只是碎片。可以说，方法是学术进程中的依仗，也是学术成功的关键。在2000多年来的世界各族文明史中，新旧方法层出不穷，为人类进步创造了无尽的学术成果，不但是有表达的方法，也有思想的方法、学习的方法、判断的方法、行动的方法等。

启功先生一生从事教学工作，他在课堂上经常妙语连珠，故事不断，引得学生们哄堂大笑。但这不是浅薄的逗笑，大家回头细细回思，内容清晰可寻，隽语回味无穷，所引典故准确，前后逻辑严密，知识性和说服力特别强，学生们自然就会一传再传，更是终身不忘。如果我们现在学习仅到此为止，浅尝则已，就会把先生误认为只是一位会说玩笑话的老师。我们有责任问一句：先生的这些"玩笑话"是如何得来的？是如何表达出来的？先生用的是什么样的教学方法？本章正是力图从先生多年的教学研究中了解他是如何建立他的教学方法，用什么样的例证解答什么样的问题。总之，我们必须学习先生的思想方法和教学方法。恰如俗语所说：行家一出手，就知有没有。而与之鲜明对照的方法，大概就有吹牛法、从理论到理论法、外来翻译法、死记硬背法、照本宣科法、胡搅蛮缠法、云山雾罩法等。

笔者现在重读先生在教学中所用的方法，感到越读越有味，越琢磨越钦佩先生遣词造句的巧妙灵动、借鉴知识的新奇准确，故而从中选择部分奉献给现在的读书人。笔者并非从哲学的方法论角度来说明，只是写点读后感。

第六章《描写》，我学习的体验如下：

一个具体物件，放在一般大学生面前，让他们用中文描写或描述出来，再看他们的答案，恐怕就各种各样了；如果是一个具体人物，学生们的回答就更加多样性了；而如果是一个虚拟的物件，或一件眼前发生的事情，还用文字描写出来，天知道会变成什么样。可见，文字描写在人的认知中是多么重要，它是客观事物、主观事物或虚拟事物通过人的观察，而转变成人的认知时，这个人通过思维判断与形象处理进行再浓缩，与自己能够表达的语言文字聚合起来，最后才写出来或说出来。而这个写出来的字义、说出来的话义，观者和听者是否能够基本准确理解领会，还是大成问题的，因为各人对于具体字义、话义的理解是很不同的，"公说公有理，婆说婆有理"的事情是经常发生的，如再变成鸡与鸭似的对话，那就谁也不懂谁了。根源还是语言文字本身是不可能与事物本身画等号的，因此，人类进化中重要的一环，就是对语言文字的掌握，目的是要让读者、听者明白自己的意愿，这就是很难很难的了。

目前的 3D 打印技术已经可以将一个实物或虚拟物打印制造出来，一件事情的过程可以用录像机全程录下，但是其中还缺乏作者心境的描写，这是人类艺术的境界问题。

描写的最大毛病有二：一是言之无物，即下笔千言，堆砌一大堆形容词，依然还是不明白他要描写的是什么东西。现在的写手喜欢将古人所嚼烂的华丽辞藻抄袭一遍，全然不顾事物本来的内涵形态，虽然可以名之曰"赋体"或者"骈文"，但可就苦了读者，实在是摸不着头脑。二是言之无心，即奉命违心之作，形成凝固的套话，读来如同嚼蜡；或者明明是想欺骗读者，却偏要写出许多似是而非、前后逻辑矛盾的句子，让读者做猜谜游戏。

20 世纪中国北京的人文环境，造就了启功先生的本领，他既浸润在传统文化精华中，又深知糟粕是什么，更是掌握新的认知手段。因而当他需要描写一个客观事物时，他就能纵情放笔，仔细描绘，信心满满地引导读者了解所要描写的对象，从关键细节到整体格局，从笔画精细到色彩鲜艳，最后推衍出描写对象的内涵本质。先生不论是描写古代绘画，还是描写某一个人物，都能够做到精确的情景相融。这里仅选几段先生的描写句，读者自可深思。

第七章《情感》，我领会到启功先生在学术情感中的动人情感，写出自己学习到的感受。我写道：

每个人的人生旅途中，都有情感宣泄，或喜，或怒，或哀，或乐，或细腻，或粗暴，或简单，或荒唐，等等；有人善于表达自己真实的情感，有人善于建构虚伪的情感，有人为金钱而出卖情感，有人说"生命诚可贵，爱情价更高，若为自由故，二者皆可抛"，等等。在人类社会中，情感也成为交流的主要方法，英雄可以所见不同，但尊重对方的情感，理解对方的情感则是重要的原则。情感的表达方式多种多样，可以口述呐喊或无声喑哑，可以肢体形象手舞足蹈，但更多的则是文字表达，真能痛快淋漓笔扫千军，或者柔情似水笔底充满爱意，全看作者心境与表达的能力。几千年来世界上成功的文艺作品，之所以动人心魄，全凭作者情感的刻骨铭心所至。

启功先生在生活层面的情感表达，已经有不少人的文章谈论过。笔者所写的先生的喜怒哀乐，是表现在学术方面，或者对于学术问题本身抒发自己的情感，或者是自己的情感借学术问题而抒发。笔者是多有感受，并且争取深深领会他的丰富的炽热的情感，通过文字而迸发出来。这是他毕生的各种经历的表述，也是他作为中国学者的呼喊，其中蕴含着激励人生、深究学问、把握人格、遨游于高贵的精神世界的种种时代强音。

一篇文章或一次演讲，能否有吸引力，主要就在作者的情感能否借内容诠释出来。先生经历了他那个时代的人生辛酸，经历了学术上的严谨训练，经历了中国文化的熏陶，他写的文章里，就常常是以他的激情来表述内容。我们后辈学习时，是很应该深刻借鉴和体验，并注意其间情感的演进。

合是八股文中最后一股。第八章《合》，重点讲述了我对启功先生鼓吹的"猪跑学"，做了自己的理论分析。我写道：

本书的核心是介绍"猪跑学"。这种学科的创新也是近代中国的一种特色。由于古代中国文化中，"学"字曾于文人中有相当高的地位，但是，以"××学"来命名一些专门研究则很少，仅有如"文学""理学""经学""字学"，等等。在近代，日本人带头以"××学"来命名各种学科，中国书生也就借过来依样画葫芦，沿用至今。而且最重要的是，近代所形成的各种"××学"，是有着作为"学"所应该具备的基本条件，一旦形成"××学"，就意味着形成一个知识系统。笔者曾归纳出其基本的六条："××学定义""××学体系结构""××学理论概念""××学方法""××学文化价值""××学沿革"。也就是说，任何人提出任何一门"××学"都可以，只要你能够在这六方面有合乎逻辑的说明，就是自成一家了。先生自己笔写或口说多次，宣称自己做的是"猪跑学"，听者无不称奇，因所有目前自称"××学"中，还没有"猪跑学"这个专用词。其实也就留下一个极大的学术难题，笔者经过20余年的学习以及多次请教体验，多少可以说出点自己的理解，现在略述如下。

（1）猪跑学是阐述与学习中国文化知识的学问。中国文化经过数千年的积淀，浩如烟海，如何阐述与学习，一直是企图掌握的人的难点。请注意，首先是"阐述"，不仅仅是描述或叙述，"阐"字在古汉语中有"彰往而察来，而微显阐幽"的用法，那就比一般的描述要深入得多，是要阐明那些长期模糊不清的过去及未来。其次是针对中国文化，这是太庞大、太复杂的内涵，混杂着大量常识和知识，近代虽有人梳理出《中国文化史》等专著，但可以说是仅梳理了九牛一毛，而对于一代又一代的年轻学者，关键还是学习掌握梳理的方法。再次是文化知识的阐述和学习，而不是文化常识的梳理与学习。常识是人们在社会中对于天、人、心的初步判断，是个人的观念，没有经过实践验证，而知识则是常识的升华，即经过实践验证的对于天、人、心的科学的理解，其标志就是具有强烈的公允性。先生在文章中经常做的一件事，就是在混杂的古代常识中抽绎出科学的知识内涵。最后是做学问，而非卖膏药或挣外快。先生做的是如何阐述与如何学习知识的学问，这正是我们当代人的短板。先生苦口婆心地讲学一辈子，就是祈望后代有人能够认知，至少是认知中国文化的方方面面。

（2）猪跑学涉及中国文化诸源及发展演化。先生自己的讲述是以诗、书、画为重点，其实推广到中国文化各个方面皆为适当，包括汉民族与其他民族文化交流的内容。

（3）理论概念——认知的理论原则。对于各个文化现象所显示的种种问题，以探索概念为核心目标，才可能从千头万绪、真伪难辨中，从各种文献留存的个人观念中，寻觅出能够证明、能够体验信服的知识。

（4）方法——凡是可能获得认知的方法，不分古今中外，全都可以运用，包括归纳、分析、演绎、推理、考据、类比、综合等。先生对这些方法的运用是普遍的，而更要注意到，先生还自己创造新的方法来尝试。

（5）文化价值——解决中国文化（不分传统的或新文化问题）中的难关。先生的文章显示：解决中国字难认难写的困境，解决中国诗词难写难读的问题，解决中国艺术品欣赏鉴定等问题，真能够做到"我辈数人，定则定矣""一字千金"呀。

（6）沿革——如果今后有人要写《猪跑学史》，千万要注意，"猪跑学"这个词虽然是启功先生公开使用的，但如果说源头，那就要从西方知识体系的建立和发展、中国传统知识体系的建立和发展——道来，特别是中西方知识体系在近代以来的交融脉络，才能够表述出先生这样集大成的学术思路。祈望后人吧。

总之，启功先生的猪跑学，正是解读中国文化的一把钥匙。

第八章
何九盈—自立与进取—著书立说

一、中文新词语研究及《中国近代新词语谈薮》

何九盈，1932年生，语言学家，北京大学教授。何先生大我几岁，是王力教授的高足，我本来是够不着他的。家父在世时候，有一次安排他的博士生答辩，特请何先生来参与主持。我去旁听，正好坐在何先生后边，当时也仅是简单叙谈几句话。

后来我受启功老爷子教诲，在经历过自然科学视角的研究、百科辞书的研究、文化学的学习，我逐渐注意到大概可以换一个视角，来看待不同学科之间的问题。在中国，大量学科的描述研究，都离不开用中文介绍。我就反过来思考，中文不正是通向各个学科的路径？这也正是语言学类似哲学之处，是各门学科综合串联的工具。当然，说是一回事，运用则是需要尝试和实践的。朦胧中有这么一点粗见，在20世纪末21世纪初几年间，我就专注于从中文和语言学视角来观察学习。恰好有机会参加一些国际学术会议，与海外的汉学家交流，让我大开眼界。我还是老办法，大量收集古代、近代、

何九盈

现代许多语言学家研究中文的专著。加上我的语言学工具书的优势、启功先生时不时的指点，我从前辈们的思想成果中汲取了丰富的养分。

几百年来，中国的语言学研究形成传统的三大套路。一是研究中文字音为主线，即以训诂学为代表，进行古字音、古方音方面的研究。这类出版物很多，但由于古代没有录音机，所谓"古音"都是以推理为基础，而且内容深奥。2003年商务印书馆出版的《故训汇纂》，可以算是古代训诂学成果的集大成。二是研究中文字形为主线。汉字在历代多有变迁，形成不同的书法风格，出现许多研究中文字形的书，更积淀大量书法作品，书法甚至成为修身养性的手段。三是对于中文字、词、句、文的语义分析研究。为增进人与人之间的了解，这是必要的工作。可惜的是，偏偏这方面的研究成果，远远少于对字音、字形的研究。这是在漫长的历史文化发展中形成的，无可奈何。更遗憾的是，中文以字为本位，长期缺乏整理规范，一字多义、多字一义、一字多音、多字一音、一字多形等情况经常出现，平添许多学习上的困难。

古人留下的麻烦还远没有解决，更复杂的形势出现在19世纪。由于西方语言、文字的传入，中国人迫于形势亟须翻译解读，进行中西语言、文字一对一的交流，这是千古未遇的困境，但可以说至今离准确对译的目标还很远，因此在中文里卷起的语言文字海啸，至今犹烈。我朦胧感觉到这种海啸的威力，就将研究的方向定在中文新词语方面。原因很清楚，那就是搅动中文大海啸的源头。近代新词语的大量出现，是中文与外文互相交流所造成的必然现象，也包括中文自身因为需要而自行创造的情况。当然，语言文字交融的实质就是不同文化的互相理解和交流。问题是我们民族做得怎么样？19—20世纪，中文里的新词语是怎么样的概况？形成什么样的交流成果？我们得到什么样的认知教训？交流的理念和变迁历史是怎样的？这些都是需要我们梳理出脉络来的。

有了目标，我就开始调查以往的研究成果。幸运的是，我以前关注的百科辞书，其中大量条目就是新词语的诠释。可以说，恰恰是这些新词语的涌现，才促成近代百科辞书的发达。不论是双语词典还是中文词典，都充满新词语所带来的字音、字形、字义的变化。更有不少前辈早已经研究新词语的来龙去脉。例如：

孙常叙：《汉语词汇》，吉林人民出版社，1957年。

高名凯、刘正埮：《现代汉语外来语研究》，文字改革出版社，1958年。

高名凯、刘正埮等编：《汉语外来语词典》，上海辞书出版社，1984 年。

岑麒祥：《汉语外来语词典》，商务印书馆，1990 年。

其他学者的相关论述，更是无数，特别是当代新学者的参与，颇显得热闹。在他们努力考证的同时，也有个别人云亦云的现象，特别是许多近代西方传来的新词，由日本人先行对译，后被中国留学生搬回来，就说成是日本人创新对译的中文新词语。我是相当存疑的，但是又能如何拿出证据来呢？"扫叶库"是中国第一代电子数字工程所形成的中文文献库，具体负责人是钱钟书先生原助手栾贵明、杨绛先生原助手田奕。他们组成班子，按照钱老的具体规划，将中国自太古起到清朝结束的文献，以原文形式输入库中。他们勤勤恳恳，全心投入，至今不懈，显示出现代科技与传统文献相结合的巨大威力。我就向他们求助，选几个词，麻烦他们利用扫叶库来检索。出现的内容让我大为吃惊，古文献中出现的古代词语的使用状况，远远不是目前我们的工具书所显示的那样贫瘠。恰好我买到一部日本学者佐藤亨先生编纂的《幕末—明治初期汉语辞典》，我从中选取他认为是日本人在近代创新的新词语 100 个，然后让扫叶库自动检索。结果是：其中 84 个是古汉语中早已存在，是他们日本人搬进日文中运用，成为日本汉字。中国年轻人再转述他的见解自然也是错的。后来我公布了扫叶库这个成果。

同在这个时间段，我买到何九盈教授的专著《中国古代语言学史》。拜读之余，我有了新的感受。研究中国语言文字问题的专著多得很，其中讲述中国语言文字变迁史的专著也很多，但那只能排列古代文献史料。何教授则明确从语言学本身的历史来讲述，这就提高到一个理论把握的新高度。如果自己的学术能力达不到，那是很难写成功的。我打电话向他请教，结果是他寄赠《中国现代语言学史》。我继续拜读，发现何教授已有新的认知。他写道："中国的语言学一直未能登上最高峰，与理论思维的缺乏有直接关系。中国没有产生一个具有世界影响的语言学理论家，也没有一部具有世界影响的语言理论著作。"这种世界性眼光立论，实在是让我佩服。在我记录的"启功老爷子如是说"中，2004年5月11日这天我记录道："我又报告何九盈教授对我的厚爱与督促，以及我写此文的思路和资料。他很高兴地认可了拙文。"

在2004年，由于老友李行健兄的推荐，外语教学与研究出版社（简称"外研社"）愿意出版拙著《中国近代新词语谈薮》。我又去麻烦何教授，希望他能够写篇序言。结果他写来一篇长序言，这里全文引述，可见何教授拳拳之心：

上世纪50年代我读大一的时候，朱家玉老师为我们讲授"民间文学"一课。朱先生曾受业于民俗学泰斗钟敬文先生，论辈分钟先生是我的太老师。1957年，朱老师永远离开人世，太老师也沦落尘埃。四十余年间，由于工作单位不同，专业不同，我无缘亲炙于钟先生门下。想不到，1999年6月，我第一次有机会拜见素所景仰的钟老先生。这年先生的一位博士生举行毕业论文答辩会，我应先生的邀请忝任答辩委员会主席。会上，先生惠赠大著《民俗学概论》，毛笔题字，下款注云："时年九七。"97岁高龄还指导博士生，而且思维清晰，语言简洁，文字流畅，恐怕并世无二。我向先生请教长寿秘诀，先生说了两个字：淡泊。

淡泊，古人写作"澹泊""澹薄"，本作"憺怕"。今人对"淡泊"的理解就是"不追求名利"，而古人认为"非澹泊无以明德"，"非澹泊无以明志"。诸葛亮诫子云："夫学须静也，才须学也；非学无以广才，非志无以成学。"原来淡泊是一种境界，是一种德性，可以延年益寿，也可以"广才""成学"。先生的哲嗣少华君能传淡泊家风，疏远名利，学业有成。

少华有今日的学术成就，是他真正进入了淡泊境界，养成了淡泊德性。他的学术道路并非坦途，青年时代因受父母牵连，又遭逢十年动乱，坎坷复坎坷，岁月多蹉跎。张载《西铭》说："贫贱忧戚，庸玉汝于成也。"这中间的逻辑关系，用少华自己的话来表述，就是感觉像是被置之死地，必须自己主动寻找知识，学习知识，掌握知识。寻找、学习、掌握的是知识，而不是别的什么，我以为这正是古人所谓的"明志"与"明德"。作为一个人，既无"志"又无"德"，也就不可与言"淡泊"了。淡泊的是名利，进取的是知识。少华将知识加工为学问，转化为思想，为个人独特的见解，"说自己想说的话"，从上世纪90年代至今，已发表论著多部。最近，又将出版《中国近代新词语谈薮》，命我作序文一篇，我与少华父子交知有年，不敢以不文推辞。于是我放下手头工作，费时二十余日，将集中13篇论文细细读了一遍。

写序言是苦事，细读却是乐事。乐在哪里，请听我慢慢说来。

我以半内行半外行的水平，穿行于"新词语"的密林之中，看少华挑战权威，向权威较劲，的确很开心。学术界就缺乏这种认理不认人的直性子，读这样的谠言直论，乐在其中。

挑战、较劲，与鲁莽狂妄有天渊之别。后者是无知，前者是以求真为目标，以材料为依据，以天性为动力。笔之所向，锋芒毕露，旁征博引，条条材料有如千军万马，层层展开，四面合围，必欲置论敌于无可辩驳之地而后快。少华虽能征善战，也会有自己的弱点与不足。古往今来，还没有一个人敢说，自己讲的句句是真理。但我敢说，在新词语这个研究领域里，就材料的掌握而言，少华是当之无愧的权威。他握有的某些材料就连国家图书馆也竟告阙如。他那不多的工资有相当一部分就花在搜求材料上了。对名利淡泊，对学问可不淡泊呀。我以为，只有这样的人，才配谈学问，才能真正成为有益于社会的学问家。在这个以空谈为理论、以吹嘘为能事的年代，少华这样的学术人才，应当受到必要的关注。我乐意作此序文，这也是理由之一。

本论集所说的"新词语"，主要是指近代新词语，特别指从清末至民初出现的新词语。这类词语的研究，国内外已有不少论著，切入点并不一样。有人从语言接触入手，有人从跨文化对话入手，有人从社会转型入手，有人从现代汉语词汇发展入手。少华与众不同，他从工具书入手，"是以近代中文辞书中出现的条目为重点介绍对象"。"而如果具体做，就是将我们民族的中文关键词语在近代二百年间所产生的源头、所嬗变的主要痕迹，加以基本的排队清理，编成一部中国还缺乏的新类型的词语辞书，比如叫做《新辞源》就可以用了。"这是一个非常宏伟的目标，以个人之力——无论是财力、精力，都难以实现，这个工作应该由国家出面做文化建设的一项重大工程来实现的。这项工程的意义是多方面的，少华在不同的文章中有所论述。在讨论"百科全书"这个定义时，他深有感触地说：

总之，百年时光，一个民族对一个专用名词说过够多的定义，但总是不够准确，看来是非不能也，实不为也。为什么实不为呢？如果去问那些历年下定义的人，恐怕问题更复杂，更不清楚。笔者认为，关键在民族文化素质。写的人，马马虎虎去写；读的人，马马虎虎去读，还互相传抄。

　　正是大家都马马虎虎，所以《中国大百科全书》的"百科全书"条目就不够准确。该条目说："百科全书概念是在20世纪才传到中国的。"少华指出，19世纪末康有为的《日本书目志》就大谈"百科全书"了。

　　一个新词语的产生、嬗变，往往反映了一门新兴学科的成长、发展过程。如"哲学""科学哲学"这类名词，已为人所熟知，但这类词语与学科本身是一种什么样的关系呢？它们有着什么样的演变过程呢？为了理清这两个概念和反映这两个概念的"新词语"，少华以前专门写了《清末从日本传来的哲学研究》、《论清末科学哲学》，用丰富的历史资料，展示它们的来龙去脉，并通过个别概念的考察，触摸到了中国文化的前进与倒退。因此，新词语的研究已不只是词汇史、文化史层面的问题了，而是进入到政治史、思想史的研究领域。词语是反映政治、反映思想的最好见证。少华在这方面所作的研究，所下的功夫，证明他不只是一个"语言虫"，而是一条"语言龙"。这类文字给人启发尤多，读这类文字真是赏心乐事。且看他在这两篇文章中的一段议论。

　　明朝末年顺利的交流，遇上亡国之灾，更因新统治者封建闭关政策，二百年之后，17世纪初进来的科学与哲学，在19世纪中期的中国人头脑中，消失得无影无踪，反倒是充满更多的与社会生产无关的所谓中国"理学"。当19世纪的西方科学哲学以全新的内涵，并躲在枪炮技艺的后面再来到中国时，搞得中国人莫名其妙，花费几十年时间，经过许多知识分子的努力，将本来颇为难懂的概念，搞得更加复杂、更加难懂。对我们民族来说，真不知是幸运还是不幸。甚至大量词句流传至今，依然难以学习和协调运用。

由"新词语"的清理引发的文化思考、民族积习的思考，是少华思想的闪光之处。

思考之一，晚清末年中日双方都向西方取经，为什么日本成绩显著，而中方却免不了落后挨打呢？这就涉及对"中学为体，西学为用"的重新认识，这个口号是对还是错呢？少华指出：

当清末开始要学习科学时，是与哲学分开了学的。因为中国领导人认为思维哲学是属于"中学"，是"体"的一部分，可以放心使用。因此一大批哲学书和科学书传进中国，介绍关于科学的哲学方法，或者是哲学的科学方法，肯定难坏了当时的中国读者，他们很难了解和利用这些人类智慧之宝。而近代日本则不然，他们在明治维新开始就"体""用"不分地学习西方新知识，因此没有怎么困惑于哲学与科学之间，他们毫不拘束地利用哲学的科学方法，去解决他们的"体和用"的困难。此事实，今天还有认识的必要，也许科学哲学正是中国进步的现代工具也说不定。

他在另一个地方也指出：笔者认为含有一个关键的因素，就是中国人学习现代化的思想、方法与步骤，曾经一连串失误，这是必须正视与总结的。例如在洋务运动之初，在中国大内战刚刚结束，洋务派就有经济实力创建大工业工厂，简直可以说是企图用钱来买一个现代化。虽然当时的口号是"以夷制夷"，而其实是"以华制华"。……将西方文明切成两类的引进方法与过程，已经造成中国的巨大伤害。仅取得取消科举制的措施，而人才则已推迟几十年产生。

少华的意见可以概括为：中国洋务运动的权贵们，只想学习新技术，不想换旧脑筋；技术维新，脑筋维旧。其实，现代化的关键是要换脑筋，脑筋不现代化，其余都是白搭。

思考之二，儒学能否救中国。整部近现代史已有明确的回答，儒学不能救中国。而某些象牙塔里的书生，既对中国社会的实际情况所知甚少，又对儒学的种种弊端及其对近代中国所造成的危害缺乏起码的认识。他们只是超现实玩弄概念，自以为儒学是振兴中华的法宝，是复兴东方文明的法宝。儒家当然还有自身的价值，也应该有人下功夫去研究。真正懂得儒学的人不是多了，而是少得可怜。那些以谈儒学为己任的人，有几个通读过十三经？有几人精研过汉学、理学？有几人联系历史、联系社会、联系实际，对儒学的盛衰之理作出过中肯的理论化的诠释？又有几人将儒学与西方的哲学、人文科学、社会科学进行过切实的比较研究？儒学的地位在学术史上、思想史上是不可轻视的，从这个意义来说，儒学永远是中国的宝贵财富。而它无力救中国，这也是不可轻视的事实。无论是近代中国、现代中国，还是当代中国，儒学都不是主流学术。儒学与现代化的关系，从总体来看，弊大于利。少华的研究为我们的观点提供了可信的历史依据。他将经世思想与百科思想进行了对比研究，所得结论如下：

"经世家变法新机之破灭，满清政权最后之机固已从此丧失。而中国二千年儒家经国济世之政术，亦至于气运俱尽。"（王尔敏语）

经世之学终于不能"经世"和"救世"，恰是儒家思想的局限性决定了的，儒家不能救近代中国。

百科全书系列自始则承担了启蒙任务。它以比较准确的文字来解释条目中的新知识，这就使读者获得新的清楚的概念，从而知道当代各方面的情况，使现实世界与具体个人间的距离拉近，同时也令人眼界开阔，达到提高民族文化修养这个不一定是预设的目的。[①]

本论集中少华还多次提及，张之洞主持学部时，反对京师大学堂筹办哲学科，用"经学"取而代之，"但是中国新知识分子追求哲学的宏大气势已经形成，不可阻挡了"。

经学与哲学的较量，以经学失败而告终，这是时代潮流使然，非任何个人可得而逆转也。"经世思想"敌不过"百科思想"，道理亦在于此。经世思想与百科思想是两个特定的概念，有特定的历史内容，少华有自己的论述，读者可阅相关原作。

思考之三，少华在清理新词语的过程中，在清理清末民初工具书的过程中有时"真是苦不堪言"。为什么？无人关注基本的资料建设。与邻国日本相比，弗如远甚。有的原始资料失踪了；有的资料沦为废纸；有的资料虽在，却无人整理，难以查找使用；也有将国家资料变成小团体发财手段，高价借阅。他认为："还有一个现代中国文化的缺陷，就是对于历史资料的轻视。"以中国近代图书总目录为例，"即反映1840年到1949年出版的全部中文图书，从来没有个人或集体汇编过，这是我们国家民族的遗憾。我们生活在电脑时

[①] 钟少华：《人类知识的新工具：中日近代百科全书研究》，北京图书馆出版社，1996年，第103页。

164

代，却缺少基本的实在的很有用的资料，这不能不说是我们文明程度的缺陷"。另外，"清末的哲学、清末的社会科学、清末的人文科学书籍，就从来没有中国人全部清理过"。

对近代文化资料、学术资料的轻视，反映近代学术的独立性和近代学术在国家的地位均存在问题。学术发展缺少了内在联系和持久度继承性。一个政权垮了，一个时代过去了，一个时代的学术也就随风而逝。不断地破旧立新，大破大立，否定多于肯定，这对于学术文化发展非常有害。学术依附政治，这是学术的大不幸。诺贝尔奖迟迟不降临中国，怪谁？

少华对创新与守旧的思考，也是由近代学术界轻视资料引发而来。他的批评是正确的："百年至今的文化基础建设还远远没有打好，就又像狗熊掰棒子似的摘一个掉一个。"我很赞同下面这种看法：

守旧并非只能是坏事，旧而能够守，就说明有这个需要与可能，守旧的结果更可能是稳定，更符合某些人文变化，并肯定能够免除"创"出漏子的灾害。怕就怕在又创新又守旧的实践中，创出来的新并不到位，而守的旧家产又不足糊口与服人，那可就赔了夫人又折兵。周瑜的实践证明，这种特色并非是不可能的。

轻视积累，轻视前人的研究成果，轻视资料与工具书的编撰，这是百余年来的致命缺陷，造成无数成果的流失，无数精力的浪费。上上下下，大大小小，老老少少，人人都喊"创新"，都宣布自己"创新"了这、"创新"了那，其实有很多是无效劳动，是重复劳动，是闭眼不看前人，不看他人，甚至连自己也不看，盲目性极大。正如杨振宁教授所言：

有些人不想去熟悉一个学科的基础，不想去熟悉前任已积累的知识，而想跳过这一步，迫不及待地向前跃进，想一下迎战最现代的问题。这样是绝不会成功的。你要反复学习人们过去研究的各种思想概念，当你把这些思想融汇贯通之后，你会看到前人所没有看到的东西。如果你还未熟悉前人的成就，要想跳到最前沿水平，做出真正的贡献是绝不可能的。

思考是一种乐趣，是带有苦涩味道的乐趣。思考者要敏于学邃于思，思考者又往往是淡泊者。人不淡泊，不寡欲，思考就难以升华，难以超脱凡俗。人可以追名，也可以逐利，名与利绝不是什么坏东西。但追名逐利者往往不是思考者。少华甘于淡泊，故能思考，唯其能思考，故视野开阔，文字挺拔。淡泊家风、钟门骨气，跃然纸上。记得在一本书上读过这样一副对联，抄在这里，以表达我此时此刻的一种心情：

古今来多少世家无非积德，天地间第一人品还是读书。

2004 年 7 月写于蓝旗营

我初读到他的序言手稿，就十分震惊，他居然花了 20 余个工作日来为我写序，而且仔细地将我的文稿全部清读，在掌握住我的学术思想脉络后，清晰且中肯地写出我的文章深处的见解。这完全是一个知音的学长对我的学术思想的剖析，言辞切切，情深意长。特别是他对于"淡泊"一词的引申剖析，以古论今，实在是让我五体投地般的佩服。

我获得了鼓励，于是继续求知悠游。

二、《中文之变革（1815—1949）》

20 世纪 90 年代，时不时见到一些传媒鼓吹"恢复繁体字""取消简体字"等。听来似乎只要一宣布"恢复"什么、"取消"什么，中国的事情就万事大吉了。其中最令人受不了的是只讲繁体字的优点和简体字的缺点，好像只要一翻个儿就"坏事变好事"，而完全不顾中国的语言文字为什么会是目前的状况，完全没有起码的对自己的语言文字的文化根由的尊重。

我在搜集近代工具书及新词语文献中，不免触及百余年来中国语言文字的变革史料。百余年来，因应社会变革的需要，语言文化的海洋中一波又一波地激起巨浪，最后如海啸般席卷一切。我搜集的语言文献，便经受过惊涛骇浪的洗礼。在这一过程中，我也深深为前辈们的付出而感动，以黎锦熙、赵元任、胡适、钱玄同、王云五、舒新城等为代表的前辈，一边试图梳理古代留存的语言文化状况，一边力图创造出全新的能为我们民族所接受的方案，希望能够让我们民族在近代通过语言文字面向世界、理解世界、融入世界。这在中国历史上，恐怕是第一次。在国家积贫积弱的当时，没有国家财力的支撑，仍然相信知识的力量，在几十年间促成了几千年来也没有做过的文化建设事业，实在是令我感动。

在浏览、学习后，我一方面觉得这些历史文献十分丰富多彩，一方面觉得应该梳理这个历史过程。凭什么流传几千年的古汉语文字，在很短的时间内，由繁体字转变为简化字？文言文如何变成白话文？格律诗怎么过渡到白话诗？这种巨大变革，到底是怎么一个过程？其中的好处与遗憾该怎样总结？我觉得我应该做的就是将承

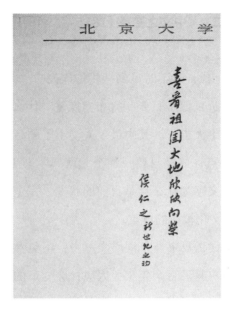

喜看祖国大地欣欣向荣

侯仁之 时世纪之初

侯仁之题字

载这些历史变革的文献，进行初步的梳理，给读者呈现历史的轨迹。当然，我绝不做历史的裁判者或领导者，我也不会给历史涂脂抹粉，让历史为个人私利服务而已。"为人民服务"，一直是我的座右铭。

书写得很顺利，因为史料排列已经基本清楚。第二至第七章的标题分别是：国音之形成、国语运动之丰功伟绩、新词语之产生与嬗变、新工具书之涌现与功能、中文新文法探索、语言文化之成果。书后附有一表一图，两者皆是潘慰鼎先生在 1946 年 7 月参考引用黎锦熙先生的"国语四千年变迁潮流表"制成。一是"中国文字原始及字体演变表"，此图横列自神农氏、黄帝至唐朝，其间列各代中文字体状态，从结绳到隶变，以及这些例字的来源案例。一是"语原与中国文化发展趋势图"：上列为时间轴，自公元前 18 世纪以前到公元 20 世纪；表左端为"语原与文化"，分为原始语言、言文一致、原始记事方法；表右端为"语原与中国文化发展"，分为文字、文学、文化；表下端为中国文化分期。

我在书的前言中写道：

中文即指中国语言文字。至于中国语言文字包含什么，那可就复杂了，答案多到数不清。这里引老友栾贵明近年著述之后的跋语，就可见其间的混杂一斑。他写道：

应该说，"中国语文"概念本身并无不明之处。"语"就是"口语"，"文"就是"书面语"。二者平起平坐，不知哪天忽然转化成了"语的文"，此后甚至干脆另解作"语言"和"文字"，"语文"概念内涵和外延的含混导致似乎合理地将书面语一分为二：一是靠近口语的白话文，二是离口语稍远点的文言文。这种分析方法，本身偏重于机械性倾向，经不起深入推敲。汉语文底历史充分证明，所谓白话文、文言文，并生并存，自古皆然。……语文理论的纷争局面往往需要政治家介入，遂令中国语文亦卷入了政治的旋涡。革命者提倡的是白话文，消灭的是文言文。好端端一对孪生兄弟，变作冤家对头，甚至成了革命的试金石、方向标。再凑以自古皆然的简体字，令汉字经历了大规模不太严谨、不太慎重的简化，事后又用下发文件和添加注释方式不断修补漏洞，令国人莫衷一是。明明是印刷的"正体汉字"改作了"繁体汉字"，用一繁一简，吸引着每个"趋易人"的眼球。实际上，在中文里要清除文言，恐怕并不可能。……语文问题的基本解决方案，绝非要批判简化字、白话文，再提倡繁体字、文言文。再重复一次偏激性的行政命令，那样也不符合孔子的中庸准则。只有让语文回归语文，少下行政命令，方为上策。……千百年来汉字的排列次序无章可循，例内仍有例外，更没有统一的构词规矩。统而不一的"标准化"是近几十年工业化推动下的新潮流，趋易和趋利伴着趋时的潮流，尘雾滚滚，威力强大。岂不知，趋易会使我们无视人生艰难，趋利往往让我们吃亏，而趋时的代价恰巧是过时。比较起几千年的历史长河，趋时潮流就是瞬间。……

栾先生对近200年的中国语文变革，给出了中庸的解释，更发人深省提出"趋易""趋利""趋时"的警世之言。笔者基本认同，只是觉得尚应该将这近代中文的变革，其来龙去脉与效果，按照历史脉络，基本清理排列出来，以让读者去做外科医生，任人开刀评说其中。笔者有感于是，也很少见今天的大师们指点，就不揣愚笨，试图将1815年至1949年的中国语文各个方面的变革内容，铺述一二，以明其故。至于何为"语"、何为"文"、何为"文言"、何为"白话"等的清晰的解说，笔者是参看张中行前辈的《文言与白话》。

…………

本书使用"变革"一词来定位中文在近代的天翻地覆的变化，而不采用"革命"一词，是因为"革命"一词在近代已经被滥用。这次中文变革，是和风细雨般在书斋中进行。最激烈的行动，也就是在语言学家的会场中，互相口头批评罢了。而后还能够写成文章，各自争鸣争鸣。而全社会都十分关心，大小报刊大量发表各自见解，许多出版社刊印相关书刊和新工具书；全中国的中小学生都学习全新的国音、国语等。几十年时光，全中国人民的说话、演艺、写文章、办事情，全都使用了全新的字音、字形、字义，全新的语音、语义、文义。白话文、大众语、简体字、新文法、新标点等广泛流行起来，并且涌现大量脍炙人口的新文学作品。而传统的官话被国音取代，馆阁体古文被新白话文取代，许多古繁体字被简体字取代，并被赋予新的语义，大量新的辞书涌现，大量新的研究中文的专著出版，等等。

…………

中文如此顺利的全面的变革，所产生的历史功勋，在几千年的文明史中是空前凸显的。但是在中文方面，以字为基础的方式，却因为长期缺乏清理发展，也就一直没有实现字同音、字同义。相反，倒是大量字不同音的现象横行，一字多义的现象流传。最令读书人困惑的是，一字多义所造成的语义混乱。尽管后来发现可用两个字合成一个"词"，并能够用这个词来表达新的语义。但是慢慢一词多义也多起来，历代并没有什么措施来规范字义、词义、语义，这逐渐成为人们学习交流时的主要障碍。再加上社会生产力低下，语言文字似乎渐渐变成上层知识分子垄断的交流工具，以致能够产生大量文字狱并致人于死地。而当这百余年的变革，字同音的愿望，居然能够被初步实现。汉字被加上一副注音"拐棍"，东西南北中的人都能认能读。中文的普及带来空前的文化进步与繁荣。语法的逐步规范，丰富的外来词涌入中文，新词义、语义的探寻与讨论热闹起来，这都是 19 世纪以前无法想象的现实。如果说，中文从此走向世界共同发展与交流之路，那是实至名归的。当然这并不是说一切顺利，许多因变革而造成中文使用中的新问题新困难，遗留至今，依然在现实中发酵，还很难解决。同志仍需努力，民族语言还要继续变革发展。

书稿写完后，我请老朋友张卫东教授写篇序言，他是当代的语言学家，自然有许多独到的见解。他也果然赐我序言一篇，但是他的语言学专业理念，与我有所不同。我拜读后，依然一字不改地放在拙书前面。因为不同的分析见解，恰好也是中国语言学界和大众百余年来强烈关注的大问题。到目前，中国新的一代学习者，都由于中文变得更加繁杂而苦恼，也即更需要中文的现代规范，来为后代在 21 世纪全球背景下，能够减轻因学习而平添的不规范所导致的重叠与差错，能够让孩子们直接准确面对现代新科学知识、新人文知识。我不过是从历史角度抛出一块砖头，能够引来方家进言，何乐不有？也正如张卫东教授序言后所言：

这段历史，应该以钩沉史料、梳理文献为手段予以重构。这是一项工作量极大的工程。所以，不可能轻而易举、一蹴而就。

该书的出版，却意外地转了几个圈，最后被广西师范大学出版社拿走，并且迅速出版了，让我很是感激。

三、《中文概念史论》

在很长时间内，我并不知道 Begriffsgeschichte 这个源自德文的词，也不知道对应的中文词"概念史"。

我最早触及概念史问题，大概是 2006 年。北京外国语大学张西平教授和北京大学孙建军教授拉我到北大参加一个小型会议，那是由日本文化研究中心（简称"日文研"）的铃木贞美教授①主持的一个小型会议。铃木先生主持会议，小长桌对面坐着一位武汉大学的博导。他发言讲到孔子的时候，似充满激情般："孔子曰，仁者人也。这是一个多么了不起的概念。"我听了心里一震，怎么这就是"概念"？这分明是孔子的个人观念嘛。等他说完，我举手要求发言。经铃木先生示意，我直面着这位博导说："先生，你说'仁者人也'是孔子的概念。这分明是孔子的个人见解，是观念。如果你硬说是概念的话，那我问你：不仁者是不是人？有点仁有点不仁的人是不是人？"话音刚落，现场一阵哄笑，而这位博导一直没有回答。

后来，我长时间思考"概念"与"观念"的种种区别。其间，也多次向何九盈教授电话请教。他的睿智经常让我脑洞大开。我回忆起当年贺麟老激我写的《清末中国人对于"哲学"的追求》，我找出来又看一遍，发现这就是我追寻中文"哲学"这个词的概念史。我先是查阅 20 世纪 60—80 年代国内对哲学的定义。发现未能找到满意度的答案，我就去查阅"哲学"一词的本源。我从拉丁文追溯到古希腊文，从清朝末年上溯到明朝末年，从中文转到日文，总算梳理出演进的脉络。多年前的回忆重现，不但让我信心大增，更让我明白了概念史这种研究方式是多么有意义，多么重要，并且

<hr>

① 日本文化研究中心，日本文部科学省所属民间文化研究机构。铃木贞美，长期从事日本文学和文化的研究。他是日本提倡并实践"人文学"综合研究的学者。代表作有《生命观研究》《文学的概念》《日本的文化民族主义》等。

适合我。我鼓足勇气，连续不断地选择一个又一个中文词，进行概念史的分析研究。中国古代流传的"愚公移山""精卫填海"故事，激励起中华民族勇于承担的胆魄，我在有生之年，何不也学学愚公呢？

后来，在铃木先生的邀请下，我先到日本京都日文研参加了关于东亚词语的概念史研究，再到广州中山大学参加相类的会议，全是铃木先生主持。这是深入思辨和学习写文章的极好机遇。我先写了一篇《试论中文"概念"之生成与发展》。在古代中国，皇帝说出来的就是"概念"，书生被杀，是书生的"观念"错误。而反观近代西方文明，经历文艺复兴、工业革命、启蒙运动洗礼，在神学界、哲学界、科学界都发生关于"概念""观念"的诸多本质理论性辩解，获得知识的全面升级和社会进步。西方的"概念"早在1631

钟少华在京都古书市

年就传入中国。在 1626 年由李之藻与传教士傅汎际合作翻译的《名理探》①中，他们把拉丁文 Conceptus 对译成"意想"或"臆"，难以理解和利用。19 世纪，日本学者西周先生将英文 Concept 对译成日本汉字"概念"。中国的学生到日本留学时，接受了这个词语，并将之引进中文圈。

另一个我需要思考的问题，是"概念"在近代中国传播的情况。近代中国的哲学家，研究的相关文献颇多，我手中基本掌握，写起来不费劲。总结起来也简单，可以说：概念是个人思想观念的升华，是得到社会公允的判断。那个"皇帝诏曰"，就是典型的用自己的观念取代"概念"。但要说明这个基本问题，就不得不先梳理出"概念"与"观念"的本质差别、"概念"与"理念""信念""意念""臆念"等词的差别。如果要写，那可就不是一篇文章能容得下的，我只好放弃。我默默地祈望，随着中国社会进步发展，不要再以观念来作为社会进步的绊脚石，而是梳理自己民族语言，以适应21 世纪的需要。（这当然不是说要反对观念的发展，只是不要将观念与概念混为一谈）

我的论文就是汇集以上两方面的研究所得，日本学者将之翻译成日文发表。

接着，我写了《近代汉语"文学"概念之形成与发展》，就近代文献中丰富复杂的"文学"一词，来做概念史分析。中国文学内容丰富，而且不同时期有不同的特点，近代研究中国文学的学者远

---

① 《名理探》原名《亚里士多德辩证法概论》，是葡萄牙高因盘利大学耶稣会会士的逻辑学讲义，内容主要是介绍古希腊亚里士多德的逻辑学。1611 年在欧洲印行。

远超过其他学科。"文学"一词，早在两千多年前就已经出现，并且被不断广泛地运用。原先中文里"某某学"是相当少见的，后来陆续出现且成为学科的也只有少数几个，如"幼学""经学""玄学""道学""章句学"等。在近代西方思想传播的背景下，涌现出名目繁多的"××学"。一门学问能被称为"××学"，以下六项应是明确的：一是定义，二是体系结构，三是理论概念，四是文化价值，五是方法，六是沿革。这六条到今天依然是有效的。但是如果我们把这六条扣回中国古代文学上面，就会发现其中的情况相当复杂，很难简单类比。简单说，就是古代理解的文学，并非今天我们所讲的文学，而且在古代，并没有公认的文学定义。而近代中国文学界的巨大努力所要解决的问题，就是在文学这个旧瓶中装进与世界接轨的新的文学内涵。

1896年，一本中文小书在上海出现，这本《文学兴国策》由日本人森有礼编、美国传教士林乐知（Y.J.Allen，1836—1907）等翻译。1872年，日本国驻美国公使森有礼写信向美国的一些学者请教文学对国家会有什么样的重要作用。七名美国学者回函讲述他们自认的文学在美国的作用和对日本的建议。当然，这里所说的"文学"，是广义的文化教育。一名美国人，绕了这么大的一个圈子，把日本的文学介绍给当时希望变革的中国人，也确实促成中国的文学成为一个时代的热点。以后一连串关于"文学革命"的言论就延续至今，也产生大量全新的文学作品。

我这篇论文的日文译本于2008年发表在日本的刊物上，中文版被收入2010年北京大学出版社出版的《现代中国》第十三辑上。

写成以上两篇文章后，我仿佛如拿到了关公的大刀一般，有了学术上的把握，更得到扫叶库的鼎力支持，就大胆耍起来，虽然刀法颇笨，但我就是想要一耍。我一鼓作气，以平均两三个月一篇的速度，连续写成《中文"科学"概念史》《中文"文化"概念史》《中文"方法"概念史》《中文"真理"概念史》《中文"知识"概念史》《中文"人"的概念史》《中文"生命"概念史》《中文"标准"概念史》《中文"印刷"概念史》《中文"卫生"概念史》《中文"宣传"概念史》等十多篇。很快就有好几十万字，足够成为一部书了。于是我就开始找出版社，总算找到中国国际广播出版社，就给印出来了。我取书名为《中文概念史论》，在 2012 年出版了。

老友张卫东在序中写道：

概念之研究，古已有之，名与实，文与质，白马非马，即其概念之辩。有些时候，还争辩得很激烈，很热闹。有了语言，就有了概念，语言与概念，相辅相成。概念清晰，乃语言交际顺畅的前提。有了文字，概念因之而可以更加准确清晰，语言交际亦因之而突破时空限制。孔老夫子提出事欲成，首先要"正名"，即经研究、实践而逐步形成准确表述的"概念"。因为名不正则言不顺，言不顺则事不成，此言允矣。

然而，世间就是这么地矛盾。同一位老夫子，却又主张"述而不作"。他推崇的许多观念，例如仁义礼智信，号称是中华文化大厦的基本理念或基本构件，却很少作严密的逻辑证明。他的学生，学生的学生，亦遵循"圣人作，贤者述"的教条，或以故步自封，或以保守传统，或以掩饰其不才，甚至莫名其妙的"不争论"，致使这方面的研究常常离开"高速公路"而进入"停车场"，致使许多"观念"不能变成准确精密的"概念"。

中文概念的发展史，从一开始就颇多纠结。其后发展如何？而今状况又如何？有些什么经验与教训？这是读者所关心的。钟少华先生《中文概念史研究》一书，用不多的文字，回答了这些问题。我作为第一读者，常有引人入胜之叹。书中强调，从观念到概念是一个漫长的社会实践过程。这中间，最需要的就是自由的空间。今天，欲在中国推动概念研究，尤其需要更多的自由空间，……中国的概念研究史上，不乏较真之人。东汉的王充，就敢较真。他的《论衡》，就是一部较真之作。《论衡》的"问孔""非韩""刺孟""知实"等诸多篇章，就儒、法的仁、义、礼、智、信、天、命、是、非、圣、贤、上智、下愚、小恶、大恶等一系列概念，全面发难，让读者常常感到一种解放与轻松。钟少华先生也是这么一位较真的人，他的这部新作，也是一部较真之作。当代的文化建设，就需要这样的人、这样的作品。所以，我很愿意借少华先生大作付梓的机会说几句话。

概念史研究，我的理解，就是对概念作历史语义研究，关注的是语义发展史，是对概念或观念的跨学科研究。哲学上的概念，语言学的语义，辞书学上的理想条目，各有各的范畴，是不能完全画等号的。少华先生倡导的概念史研究，是讲它们的主要内涵互相协调，以图理解与建构对于概念史的认知。他并非要搭建一座空想的概念史楼阁，而是力图探索其中的脉络与特征。

这既是社会文化学的基础研究，又可能升腾为理论哲学的探讨。其一大部分，属于语言学应该做并且要做好的事。作为一名语言学工作者，平心而论，应该承认，这方面的工作，无论是投入还是成果，都令人汗颜。对于概念，中国人似乎有种天生的倾向，就是"不求甚解"，古人有"字"的概念，没"词"的概念，常常分不清字与词。"中文""汉语"，算是现代词，而好多现代人也混着乱用，常听人说"说中文""写汉语"。这是属于概念意识不强，多提醒就是了。一个字，一个词，往往就是一部蕴涵丰厚的文化史。辞书，是概念和概念史研究的成果。多出辞书，出好辞书，是强化概念意识的强有力手段。然而，我们的辞书编纂与出版，不能不说是太过于落后了。好多概念，形成并有了约定俗成的说法都有年头了，可是在权威辞书里还是一笔糊涂账。……

钟少华先生在书中大声疾呼加强汉语概念史的研究，我举双手赞同。至于概念史研究的一般方法，看得出来，大多是钟先生从自己近30年来的实践体验中归纳总结出来的，可行，可贵，很值得借镜。拜读钟少华先生的书稿，沿着他的思路，我觉得，若要一改我国概念史研究的落后状况，须再补充两条。一要建立并逐步壮大专业队伍，要在中文、历史、哲学等学科招收、培养概念史研究生；二要建立囊括中国古今所有文化典籍的大型数字化数据库，从单部典籍原件高清扫描配以原文录入开始，到多部通检，可逆时通检，可历时通检，可共时通检，从字、词通检到主题、专题智能通检，同义词语通检，反义词语通检……总之，不断创新、改进这个数据库，使之成为概念史专家进行研究的得心应手的好帮手。这种类型的中文典籍数据库，海峡两岸，海内海外，大大小小，已经有若干了。如果有谁能出面联络、协调，以网络形式联到一起，那么，理想的囊括中国古今所有文化典籍的大型数字化数据库，定可加速建成，并将不断升级，越发得心应手，我国的概念史研究，定能取得前无古人、无愧时代的进步与成就。

祝愿钟少华先生大作的出版，能引起读者广泛的共鸣，从而让我国的概念史研究获得更多更大的推动。

我喜欢陶渊明的诗和他不为五斗米折腰的精神，但是对他的"每读书，不求甚解"的说法，却是反其道而行之。我在学术问题上喜欢并且坚持刨根问底，可以说是一种乐趣。概念史的研究方式恰恰给予我一种刨根问底的机会。因此，我自己写了篇关于概念史研究的心得，放在书前，附如下：

（一）从历史角度

具有5000年文明史的中华民族，其文字是以方块字为基本特征。并且在公元前3世纪的秦朝，就提出"书同文"的规范性要求，这是文化进步的标志。可惜那时又有"焚书令"，有敢偶语诗、书弃市，以古非今者族，导致书同文的实际效果极其缓慢。到1716年，才有清朝皇帝康熙下令编纂的《康熙字典》出现。该书全面总结中国字的状况，在47035个字中，古废字、冷僻字、错写字、简体字等占到70%。也就是说，1900年之后，我们才将约七千常用字仅是规范了其方块字的形状。而其注音则因为用反切音方法，而依然模糊；至于具体字义，则往往保留史籍上不同的字义解释，保留了一字多义现象。

可以说，古代中国文化仅做到了提出"书同文"的规范性要求，做到了方块字的一般形状规范。至于"字同音""字同义"的进一步要求，则远远没有在古代实现。特别遗憾的是，古代中国语言文字研究大家蜂起，对于训诂学大有丰硕成果，但谁也没有提醒历代皇帝去让中国文字继续进步。

结果，"字同音"的实现，是在20世纪初叶，由一群语言学家借助国家力量进行尝试，并且获得成功。（由于不在本文讲述范围，从略）

结果，"字同义"问题的解决，在19—20世纪的中外人士合作努力下，已经有长足进步。《现代汉语规范词典》的出现，可以作为标志之一。不过，前面还有许多需要解决的字义问题。本文也基本不讨论。

一个个单字，在历史上逐渐难以一一对应复杂的思想表达，意义相近的字叫做近义字，意义相反的字叫做反义字，但是还是不够用。于是，很自然地出现用两个字或几个字并成一个专门的意义，这就叫做"词"或"词组"。词当然是字的深入利用产品，每一个词的词义组成，都有其复杂的文化因素，来龙去脉也很是复杂，既有其组成字的原来某些字义，两字并列合成后，可能删去某些原组成字的意思，也添加某些新意义在其中。只是在古代中国农耕社会基础上，对于十分复杂意义的表述需求是比较少的。因此在古代，词的出现相对来说就比较少，并且也与字类似地缺乏对于词义的规范，给后人留下无数搅不清的麻烦。看看历代大量文字狱的史料就会明白，正是由于传统中国文人喜欢追求远古经典，形成好古用典的思维方式，而偏偏古字词的诠释，不是社会所形成的概念公允性，而是按照皇帝的个人观念为标准，也就是皇帝可以随心解释字词的意义，并且依照他的一时解释来判断。其结果，就是在18世纪以前，中文字义的解释，是相当随意的，中文词义的解释，同样也多随意利用。

19世纪初叶，由于西方工业革命后的来华人士，需要学习中文来与中国人进行交流，于是中文语义问题被他们加以重视和研究，并且开始通过工具书形式来建构双方都能利用的双语大桥。就有如蝴蝶效应一般在中文里面搅起语言风暴，语义概念问题被提到民族改革的进程中，至今依然在进行中。

偏偏两百年来的相关积淀，由于其难度与史料缺乏整理，长期缺乏中国的研究者，更加增添语义概念研究的难度。

（二）从哲学角度

从哲学角度说明某一个事物的映像在人脑中形成"概念"，是很复杂的研究过程，也是很漫长的研究过程。中文"概念"这个词的出现，只有百余年的历史，但在中文里对"概念"的诠释则更加复杂与淆乱。每一个人从小就开始踏上追寻"概念"的无休道路，开始先是被亲人和环境包围时，就要肢体语言和发音来表达他脑海中的象征性反应，逐渐积累变化成为他对于一个具体事物的观念。当这个观念在运用中被现实所否定或淆乱后，就只能不断地修改，直到更加淆乱，或者可能略有进步。从几千年来的人类进步史看，能够改进的唯一办法，只有后天的教育。但是现实的教育制度并没有给出准确的最好的求知效果。因为这很困难，每一个人，既要追寻安慰自己的真理知识，又要承认自己认知中的错误。例如老师和家长都会告诉你"一加一等于二"这个数学上的常识。但是放在政治学中、经济学中，就不一定。一加一可能等于三以上，这就是政治等外来因素改变了判断概念的标准。君不见，"文革"中的口号"知识越多越反动""考试交白卷才是英雄"等，给民族留下的遗毒不断。又如古典启蒙读本《三字经》首句"人之初，性本善"，现在就有人将之认作概念。殊不知，这只是作者善良的愿望，并没有经过科学认证或证伪。古今中外无数哲人讨论过"性本善"或"性本恶"的说法，至今还是纷纭不断。我们只能当作一种个人观念看。

笔者认为，观念是因记忆、想象等而浮现于脑海中的具体印象，即直观内容。观念是特殊的、个体的，具体而又孤立。观念用语义表示出来，就是一个不完整的语义，逻辑不严密，难有公信力和公允性。

概念的起源是由于人们对具体复杂的事物的认识逐渐淡漠，而渐渐变为记号。记号的移用而至于普遍，形成共相。概念是再把各种观念互相联络集合，经过验证，统一成为全体的普遍的要素，进而为思考表述的对象，以求准确的知识。概念用语言表示出来，就是一个完整的语义。没有语义，我们的概念就无法传达于他人。即使自我思考，也需要借语义的功能，以明概念的意义。因为思考是以判断为归结，判断是比较两概念或各种观念，以求得其关系或性质。没有语义，思考也就失去工具。概念的内部研究，就是研究语义所共有的本质属性，即意义。概念从外部研究，就是研究语义的范围，或扩展，或缩小，或嬗变等。

……

最简单地说，从观念发展进步到概念，就是人们认知中重大的一步。概念与观念是有本质区别。观念是表象的，是特殊的，包括一个；概念则是普遍的，包括一切。观念实际存在，属于心理范畴；概念非实际存在，是意念，属于逻辑范畴。

概念远比观念具有社会实践后的公允性，但概念也并非永远不变。具体某个概念会在社会实践的漫长过程中逐渐被修订，或者更完善，可能变成新概念。本文要讨论的概念史，正是通过史实，反映这种大尺度下的文化现象。

（三）从语言学角度

概念的载体在语言学中正是字义、词义、语义的完整表述。一个概念的完整表述，用语言文字来与他人交流，正是要求一个字义、词义、语义的准确表达。概念史当然就涉及字义、词义、语义在中文历史中的形成与演化。偏偏这是一直难以说清楚的。

…………

中国传统训诂学多是从四个角度去"求"字义："据形求义"，即从某汉字字形分析其字义是否恰当。"以音求义"，即从读音分析其字义的来龙去脉。"考经求义"，即从不同古籍中用字来比较字义可能的变化。"明例求义"，即从不同古籍上的例句来比较语义的变化。

这些作为方法是成功的，但是要注意，其中没有一种方法，是企图解决某个字词的字义、词义的内涵是什么，即根本不触及字义本体性。也许古人认为许慎的《说文解字》上的说辞是金科玉律，只需照搬就可以了。但这对今天的读者则造成概念认识上巨大的空洞。

…………

本文研究的重心，在于由字组成的"词"所引发的词义问题。有了词义、语义，才可能讨论观念的形成与发展变化，才可能讨论概念的形成与发展，以及词义如何被认知的问题。

（四）辞书学角度

辞书是文化的工具。"字典里能看出大智慧。"（钱钟书语）概念、语义都需要载体，载体正是辞书中的条目。

一般完整意义的字典，应该在条目中写明字形、字音、字义。如果一字多义，亦应该分别注明，再加上例句说明。

一般完整意义的词典，应该在条目中写明词形、词音、词义。对于词义，要说明词义的来龙去脉，以及不同词义的诠释及例句。对于中文词义"旧瓶装新酒"现象，要特别明确其内涵的变化。

一般完整意义的大型百科全书，除了词典的全部要求外，更要在词义内涵上面深入广泛地展开阐述，包括对于词义的不同认知理论的公允性阐述。让读者通过一个条目，就能够获得一个完整的概念，一个完整的语义。

…………

现实的另一面是古代中文字书内涵严重不足。由于缺乏对于概念的追求，古代虽出现大量字书，但多数是对于字形、字音的考辨，也相当有成绩。而对于字义的考辨，虽然也有成绩，但除了数量较少外，还因为古代研究字义者缺乏注意时间连贯的文化原则，导致相关的考辨在时空间乱跳跃，难以具备说服力。19世纪末期中国出现一些字典、词典、百科全书，这才开始注意条目语义的表述。

综合以上从几个角度的研究，说明中文概念史的研究，必须注意把握以上各个传统领域的状况，并且必须综合起来，才可能有清晰的线索。

注意一点：哲学上的概念，语言学上的语义，辞书学上的理想条目，作为各自的范畴，是不能完全画等号的。笔者只是将它们的主要内涵互相协调，以图理解与建构对概念史的认知。

四、《中国近代人文科学研究1815—1949》

有了上一部书，我的信心大增。我想，既然一个一个中文字词都可以通过概念史研究，进而梳理出中国文化史的一条线索，那么要是一个词组呢？这条线索梳理起来岂不宽厚了许多？我选择了"人文科学"这个词组。"人文"一词在中文里是很古老的，用这个词的古人也不少，大家也都很关心中国人的"人文"是如何的内涵，但是漫长的中国人文的历史，却一直没有一部如《中国人文史》之类的专著作全面介绍。再从全人类发展史看，对于"人是什么""人性是什么"等最基本的论辩，几千年来却很是热闹，很是深刻，却又难以公允。当21世纪的认知科学热闹起来的时候，人文问题，依然是其中核心问题之一。

而把人文问题纳入科学的轨道，形成"人文科学"，这可是时代的必要。人类想要在目前的地球上可持续发展地生存，对于"人"的研究就是必不可少的一环，而且是很急迫很实际的一环。因为如果再把人当作机器，当作可以随便糟蹋抛弃的工具，那最后，不是机器毁灭了人类，而是人类毁灭了自己，也可能毁灭了人类居住生存的地球。

"人文"与"科学"的概念在中国被认可，大致在20世纪初期。新文化运动中，有学者开始研究"人文""人道""人本""人性"等

古木參天寶殿雄万方游客

浴香風勸君休坐山門等不

再飛来第二峯　靈隱寺前戲作

鍾少華世兄補壁　復旦大學舞步青并書

187

词语，梳理其中种种科学的理念，互相之间还发生过学术上的争执，其中有纯学术性见解，也有政治性需求混杂。1940 年，一批学者在昆明成立人文科学社，1942 年主办《人文科学学报》，刊登了一批有份量的研究文章。可惜我发现此杂志较晚，当发现其中编委有贺麟和巫宝三时，他们已经驾鹤西去，而我错过向他们请教的最后时机，空留永远的遗憾。

我在书中，研究了"生命""信仰""灵魂""真理""伦理""道德""法律""革命""价值观""社会""社会学""社会主义""中华民族性"等关键词的概念史。这几个关键词，在近代中国，基本上属于热词，天天都有人写在报纸上，发表演讲等，大多数人都是稀里糊涂地在口头上、笔尖下流露。我翻阅到相当数量的文献，感觉如果把每一个关键词的相关文献都写出来，恐怕就真是"一个词就是一部文化史"了。无奈，我只好压缩再压缩，相信将来会有年轻人继续清理前行。

我只有在书中绪论上，简单说说自己的见解：

人类几百万年成长历史中，一些亘古没有公允答案的命题，一直缠绕着愿意思考的人们，诸如："人是什么？""人所应有的人文、人性是什么？"笔者曾经拜读过几千年来聪慧的思想者们的回答，尽管读来振聋发聩，发人深省，但是在接受中又带点遗憾，似乎总有不完备处。自己只能如哈姆雷特一般念叨："人类是一件多么了不得的杰作！多么高贵的理性！多么伟大的力量！多么优美的仪表！多么文雅的举动！在行为上多么像一个天使！在智慧上多么像一个天神，宇宙的精华，万物的灵长！可是在我看来，这一个泥土塑成的生命算得了什么？"自问我的生命又算得了什么，不过如前面已经走完的几十亿人一般，只有带着疑惑，浑浑噩噩地退出历史舞台。我也想把自己的无知写出来，可惜前辈中已有人说得比我清楚。那就只剩一招了，就是老老实实把自己30余年学习求知的积淀搬出来。因为我明白自己的智力不足，不能语不惊人死不休。只是我求知的对象，多是一代大师，他们在丰富复杂的文化大激荡中学习并且掌握大量新知识，也有机会著书教人。那么，我只求能够基本准确表述他们的成果，应该就是中国近代人文知识进步发展的痕迹。

近代中国人文历史发展过程，时间重点放在1815年至1949年，前因还要推及16世纪末到17世纪初的中西文化交流（明朝清朝交替时期）。在这个时间阶段，中国人文社会随着世界的变革，也发生了天翻地覆的变革。中国人的思想变了，精神面貌变了，封建帝制变了，科举考试制度变了，人际社会关系变了，语音系统变了，人际经济关系变了，人们追求的精神享受变了，人权在萌芽……连人们的衣食住行、吃喝玩乐观念也都变了，可以说与中国人人生有关系的各种状况全都变了。本研究正是建立在这种人文变革的社会基础上，但并不是介绍人文社会变革的历史书，而应该是近代中国人精神、思想层面的变革介绍。

近代中国第一代人文学者，他们产生在那个巨变的时代，而且面临着中西文化交融的狂飙乱扫，他们成长的过程几乎不可避免地浸泡在中国传统文化中，而又深刻地把握西方新文化的人文精髓。尽管各人经历不同、学科不同、见解不同，但都表露出对中华民族的热爱，对人类精神文化的热爱。更重要的是，他们将学习把握到的人文新知识，尽量阐述出来，无非是希望能够让中华民族走上现代文化的进程。另外，也有一些外国学者凭着他们的良知，对中国传统人文思想和状况，对近代新人文精神的阐述，都尽量切合历史事实。其中自然也难免有误解或歪曲，正如我们中国人自己不也是在近代出现一些违背自然规律和社会发展规律的劣迹吗？

要注意的是，在近代"人文科学"一词并没有流行，既没有单独作为一门学科出现，连近代大量的辞书中也没有出现"人文科学"条目，只是在1940年的昆明，一批大学教授联合成立人文科学社，继而编纂《人文科学学报》。该刊扉页上印着："人文科学学报，为中国人文科学社刊物之一。中国人文科学社于民国二十九年八月一日正式成立，为若干大学教授及研究所研究员联合组织之'纯粹学术团体'。在抗战期间，总社设于昆明。本社'以研究并提倡人文科学为宗旨'。工作'暂定为编纂丛书丛刊学报，举行学术讨论，并考察旅行等'"。学报编辑委员有：丁骕（中央大学教授）、丁赣愚（南开大学教授）、王信忠（清华大学教授）、伍启元（清华大学教授）、田培林（西南联合大学教授）、巫宝三（中研院研究员）、张启泰（北京大学教授）、贺麟（北京大学教授）、雷海宗（清华大学教授）。……

为了把握基本的人文科学概念知识，这里只能先对一些关键词进行梳理，如"人文""人文主义""人本""人本主义""人权""人权主义"等。这些新词有些在古文中出现过，但由于中西文化交融的结果，已经被赋予新的内涵；有些则为全新创造出来的新词，多是从西方引进，或者经过日本文字转进来的，其内涵由于翻译的效果，而产生难以说清楚的麻烦。更遗憾的是，这些新词在中文中被使用后，长期没有对之进行必要的清理与规范，混传至今，也依然乱作一团。例如，"人文主义""人道主义""人本主义"三词在中文里似乎是三类意思，各有区别，各有不同的说法。而如果看它们的英文出处，则同一为humanism。目前中文网络上的追风者，已经在大谈中国人文科学如何如何，甚至大有领导世界人文科学的意思。但没有人清楚地说一说这些热词是什么，是怎么来的，是什么意思。笔者无奈，才做这种最笨的爬梳工作，尽量将近代中国人已经梳理过的成绩展览出来，鼓励后来有心人可能做些上层建筑的文化建设。……

该书于2016年由广西师范大学出版社出版后，我请老同学柳树滋写评论。摘录部分如下：

今年十月广西师范大学出版社出版的钟先生这本50万字的巨作，对人文科学的相关概念及其历史演变做了包罗万象的介绍和研究。内容十分广泛，大体包括"横括""纵览"和"语义"三个维度的展示。

一是横括世界各国学界、政界、工商各业、文史哲艺等界著名人士关于人文科学的论述。作者采取兼收并包的态度，不论立场、观点、见解、主义如何，不论它们之间的学术分歧有多大，只要所论内容有学术的价值，且对社会对人生有一定的不可忽视的影响，就依其重要性加以采纳。于是读者在这部作品中看到的是一部关于人的本性和人类生存发展的学问的"百科全书"。它与古今中外组织大量人力和金钱编制的大型辞书不同，几乎是作者一个人编著的另类的"百科全书"。它是对上述正规大型辞书的有益补充，对广大的求知者，尤其对研究人文问题的学者而言，是很有用的。本书涉及的相关概念就有"人学""人文""人本""人权""人道""人性""民族性""生命""法律""革命""伦理""价值观""社会""真理""语义学"，等等。

二是对所论及的每一个重要概念的内容，都动态地纵览历史的演变过程。如对价值和价值观这两个与人们判断某事物的对错和值否密切相关的概念，作者就做了系统的历史考察，借用扫叶公司的文献数字库，检索出自后汉以来使用含有"价值"或"价直"（古汉语中二者含义相同）一词的例句数百处，追索这两个概念的历史演变过程，拓展和深化对这两个概念的理解。随着近代各国工商业的发展，经济学价值相关论述大量涌现，1908年由日文翻译出版的《法制经济通论》中对价值一词的解说为：价值者，"非人之欲望，亦非物之效用。乃生于人欲与物能间之一关系"。这种见解较之中国古代的"物有所值"，学术内涵有明显的提升。此后又扩及非商品非物质的价值判断，如人的价值、精神的价值、真善美的价值，等等。又如"人文"一词最早出现在中国两千多年前的《周易·贲卦》："观乎天文以察时变，观乎人文以化成天下"。内容高深莫测，后世解说纷纭。直到西方文艺复兴时期，才出现了英文 humanise 一词，这个英文单词在不同的语境下可以译成"人文""人本""人道主义"等。其核心含义是反对中世纪政教合一的专制主义，追求人的个性解放和自由平等。

第三个维度是对每一个相关概念的语义分析。现代西方科学规范中极为重视"语义学"，而中国古汉语中可说没有出现过"语义"一词，仅见唐朝的敦煌抄本中一处："夫妻语义重"。当然中国古今实际应用中的语义分析还是十分丰富的。作者对书中的每一重要概念都做了这样的分析，包括语言文字在翻译和转译过程中产生的种种歧义。以上所说对人文科学概念史的三个维度，构成了三维相济、相得益彰的研究模式，可以说是钟先生概念史研究的方法论。

五、《中国近代辞书指要》

自从我在 20 世纪 80 年代获姜椿芳前辈鼓励，进行清末百科全书的研究，我越来越频繁地出入各地各种旧书店。我搜寻的重点之一是清末到民国的工具书。每当我买到一部破破烂烂的旧工具书，我都会先浏览一番，看看作序者是何人、他有什么样的见解，再看看版权页上的出版项，以及偶然出现的藏书章；然后才选几个有兴趣的条目，看看编者是如何诠释的。就这样，陆陆续续积累，不觉已经 30 多年了，1949 年以前出版的中文辞书差不多都在手里了，脑子里的思考也渐渐多了。虽然一些重要的问题一时梳理不清楚，特别是中文工具书与中国新文化的关系如何、中国人的文化工具思想如何、前辈们编纂这些工具书的思想如何、出版背景如何、辞书条目的基本特色如何等，但是最起码我已经可以尝试把这些辞书的历史实况一本一本地描述出来，也算是提供一点将来研究者的第一手史料吧。恰好商务印书馆的朋友李智初先生来家中看书，我就全盘打开请他一睹。我对他说："我想写《中国近代辞书史》。"他回答说："还是先写一本《中国近代辞书指要》吧。"我接受了他的提议，因为这写起来更加省事。

我先把时间限定在 1912—1949 年，因为我早先写的《人类知识的新工具》中，就已经有清末中国的百科辞书了，现在算是文化的延续。其次，我将双语辞书排除，双语问题自成一家，且数量太多太乱，特别是日中双语辞书，在近代实在是太多了，整理起来很麻烦。最后，我将近代辞书区分为语言知识类、社会科学知识类、自然科学知识类三大类，每类再分为若干子类。

语言知识类辞书 112 部：国音字典，42 部；一般语言字典、辞典，33 部；语言学辞典，17 部；俗语、成语辞典等，20 部。

社会科学知识类辞书 111 部：哲学知识辞书，6 部；社会科学综合辞书，24 部；文化教育辞书，5 部；法律辞书，10 部；政治外交辞书，11 部；经济辞书，10 部；文学艺术辞书，24 部；宗教辞书，15 部；历史、书志学辞书，6 部。

自然科学知识类辞书 99 部：自然科学综合辞书，7 部；数、理、化辞书，15 部；博物、生物学、地学辞书，10 部；医学、药学辞书，31 部；农业辞书，2 部；技术类辞书，13 部；军事类辞书，7 部；百科全书类，14 部。

这个辞书目录，不知道为什么没有印进书中，很是遗憾。另一个遗憾是，在本书出版前，我高价买到两部以前没有见到的辞书，当时已经来不及印进书中了。只好现在附几句介绍。

《韵典》，李炳卫主编，北平德友女学校版权所有，北平民社发行，1934 年出版，16 开本共 456 页。《韵典》共出版 5 个版式。主编李炳卫在"自序"中写道："考古今诗韵，错综而不分等，汇韵而不序次，除分五声外，别无系统，使人读之，烦恼横生。且其所分之声，如上平之东冬，下平之庚青蒸，上声之董懂梗迥，去声之送宋敬径，各系有何不同之点，均称为悬而不解之疑案。至于真文元之别，萧肴豪之别，直无人能道其详。本编于其各韵中之不同韵者，均依教育部公布之教改国音字典，分别归类，纲举目张，复条分而缕析，使阅者便于检查，并引以有系统之兴趣，作诗押韵，检讨平仄，增进其有规范之研究"。

《国剧韵典》，张笑侠编，北平戏曲研究社发行，1935年出版。张次溪先生写的序中说：

近二十年来，我国文学家因受东西洋自由解放之影响，亦起重大变化，于是向来为人漠视之戏曲小说，已一跃而升为文学。……戏曲之在文学方面，经此一番重行估定，其价值固已增高许多。而在艺术方面，则反倒退步不少，不能实地与文献融洽为一，此其所以终无进展之最大原因也。余尝考其退步之故，则民国以来，所谓捧角家者，不能辞其责焉。……实则按其艺术，乃唱白则尖团清浊不分，做派又生硬疏涩碍目，如此人者，即幸而一时蜚誉，而终究仍遭失败，以其为无源之水耳。于是有能自奋发之士，与嗜好皮黄者流，颇思对于清浊阴阳五音尖团有所讲习，而老成凋谢，已无谙熟之人矣。张君笑侠有鉴于此，乃编委国剧韵典一书，以救此弊，是诚有关于戏曲之发展者甚巨。

商务印书馆代为申请国家社科基金，这让我有了十余万元的可以报销的费用，我用来看书、买书或复印书。我流连于北京的国家图书馆胶片部和潘家园，上海的图书馆和文庙等地，也淘到一些难得的好书。

我在书的前面写了自序，如下：

辞书是文化的工具，文化的进步需要辞书作为工具。

辞书也是一个民族文化进步的标志。近代中国出现了约三百部中文辞书，明示了我们民族在文化上的深厚底蕴与勇于创新的变革精神。

字典里能看出大智慧（钱钟书语）。也就是说，辞书不仅是工具，也是知识的宝库。

辞书的条目，其最大的知识亮点，正在于中文字义、语义的载体，也就是中文概念的载体。

一般完整意义的中文字典，应该在条目中写明字形、字音、字义。如果一字多义或多音，亦应该分别注明，再加上例句说明，能够让读者公允地判断与利用，从而获得一个该字的简约化概念，另外还应再加上检索系统与参照系统。

一般完整意义的中文词典（辞典），应该在条目中写明词形、词音、词义。其中对于词义，要说明来龙去脉，以及一词多义的诠释及例句，以期得到读者公允性判断与释疑利用。对于中文词义"旧瓶装新酒"现象，要特别明确其内涵的变化。

一般完整意义的大型百科全书，除了词典的全部要求外，更要在词义内涵上深入广泛地展开阐述，包括对于该词义的不同认知理论的公允性阐述。让读者通过一个条目，就能够获得一个完整的概念，一个完整的语义。

千余年间，世界各民族编纂字典、辞典、百科全书时，不约而同地都以为读者服务为宗旨。西方文艺复兴以来，工具书的发展更加兴旺与丰富，延绵至今。目前的工具书理论上依然承袭一贯的原则，尽量诠释词义概念，只是在实践中各种工具书的差距还是相当大的。

中国文字以"字"为单位。1716年出版的《康熙字典》，对47035个字进行了馆阁体式诠释。1815年英国人马礼逊在澳门出版《字典》，形式上完全按照《康熙字典》的47035个字排列，但将诠释内容改变为当时中国社会常用的字词，并采用了新的拼音检索和参照系统。

在漫长的历史中，中文单个字所表述的语义内涵渐渐不够用，于是中国人逐渐将两个字、三个字拼装在一起，来表述更加复杂的语义。这就有了"词"的产生。只是传统意义上的字书对"词"的诠释相当薄弱，《康熙字典》出版后，也并没有再编纂一部词典。明朝末年兴起的类书系列，其编纂方针与字书、词书有本质的不同。类书是提供某些词的大量用例，但并不判断词的准确语义，更缺乏公允性。因此，实际上，到19世纪中叶，虽然已经有许多类书、字书的出现，但依然缺乏辞书类的工具书。

到19世纪末，日本已经出版大量字典、词典与百科全书。随着中西文化碰撞与交流，在维新新政旗帜下，中文的各种新工具书不断涌现。据笔者不完全统计，到清朝末年的1911年，中文各类辞书有近50部（不包括双语辞书）。而在民国时期，笔者在本书中介绍的辞书有400多部（不包括双语辞书）。

重新使用、翻看这些以前出版的辞书，仍给我们巨大的震撼。简约介绍六点：

（1）新知识体系的形成。当时世界先进知识的主要内涵，我们都能够从这些辞书中检索到。无论是社会科学还是自然科学，都有百余部辞书供读者使用。以往中国封建儒家长期统治所造成的知识弊箇，被凝聚成牢锁民众的思想的枷锁，在近代中国，被彻底颠覆了，一代新知识分子的思想为中华民族铺开了崭新的知识道路。

（2）新工具方法的运用。新的、准确的、公允的字义、词义能够方便地被检索；新的参照系被利用；新的与西方文字接轨的工具书思想被普遍利用（还不包括双语词典）；新的印刷出版方式大大方便了读者的选择。

（3）国音、国语的形成与推广。两千多年前的秦始皇，只规定了"书同文"，以后就没有人去做"字同音""字同形""字同义"等方面的工作，以致问题多多。不料却在近代乘变革之风，由几十位书生牵头，政府批准，没有花费什么经费，更没有什么暴力反抗，就在短短十几年间，通过国音运动、国语运动，经由全国推广，解决了"字同音"的千古难题，还包括语法、标点符号等难题。本书收集的百余部国音字典、国语辞书等，就是明证。

（4）新词语的涌现与活跃。在中文漫长的发展阶段，由于多个民族与宗教文化的演变，中文词语的积累与演变一直复杂多变。到20世纪初，新词语不可阻挡地进入，至今依然在狂啸。这些百科辞书条目的语义形成，恰恰是那个时代的实证，多是新词语的组成与诠释，就连大量旧词语也在使用中旧瓶装新酒，改变或丰富了原来的语义。

（5）新思想的产生。这些百科辞书，记录了当时活跃着的大量新思想。而这400多部辞书，也表现出一种新的思想，笔者名之曰"百科思想"。这是一种全新的综合思想，能够通过百科辞书对新的文化问题、思想问题进行全面的思考分析，进而推动我们的思想。

（6）一种新的文化形态的产生。这些辞书的编纂者们，开拓了全新的文化工具书，他们的思想与行为是很值得研究的，其中包括他们翻译的外来辞书，也包括他们所开拓的编辑方针与条目参照系。这些辞书的序言作者，大多是当时的名流，他们对于百科辞书的看法是具有历史价值的。这些辞书的出版商，也是后人需要研究的对象。

当然，这些在19—20世纪出版的中文辞书，比起当时西方辞书以及日本辞书，差距还是相当大的，在数量上、质量上都普遍不足，特别是在辞书条目语义概念的准确表述上面，还问题多多。

笔者关注这些中国人的文化新产品，是从30多年前开始的。……让这些沉睡多年的工具书能够再一次为书生们服务，何乐不为！

早在90年前，胡适先生发表"劝善歌"，歌曰：

少花几个钱，

多卖两亩田，

千万买部好字典！

它跟你到天边，

只要你常常请教它，

包管你可以少丢几次脸！

林语堂先生见后，回复一首，节如下：

落日楼头，

断鸿声里，

近代文豪，

把文法看了，

终难会，

原文意。

想花两块钱，

想卖两亩田，

真正买了一部大字典！

可是问题不是这么简单！

牛头难对马嘴，

字义每每相关，

…………

这却要怎么办？

笔者不会作诗，不敢附骥尾，碰巧在 20 多年前写下几句话，聊以充数：

聪明的人经常查阅百科辞书，

自满的人忽视轻蔑百科辞书，

愚蠢的人自以为是百科辞书。

六、《中国言语文化简史》

近年我开始连续著书，背后离不开何九盈教授的鼎力帮助。近十余年来，我每当在学术上遇到困难或问题，都会打一个电话给何先生，向他倾诉我的疑惑，而他则不厌其烦地给予我关键性的说明和指导。但他总说是随便聊一聊，不同意我记录引述。而我们煲电话真是忘了时间，只有激情。现在我手中漏下一张小纸，上面写满我们在2017年7月1日的电话谈话主题："独特，不跟风向标；新人一模一样，之没有用；清华国学院学生之路；不追时髦；中西对撞引起的中文变革；大讲特讲；古文运动被骂；坚定立场，没有权威；学术民主，学术自由；气魄，结构，体系；艰苦劳动，血汗才能出成果；没有第二家，变革的资料；一般人，过程，千方百计变；《四灵考》记不清了；学术气氛合适，图与模；纯东西文化，复杂曲折；图景，面貌；宝贵；顾炎武；扎实，贡献；原始功夫，丰富多彩；马礼逊，为什么？学术研究不是为了叫人高兴；不知道就不配谈创新。"

由于何先生的引导，我开始渐渐意识到，可以把自己的想法，通过主题文献的梳理表述出来。我更牢记钱钟书前辈的教导：做学问不要做外科大夫，而要做裁缝。即是不要把文献随心所欲地切来切去，弄得血淋淋般吓人；而要像裁缝缝衣服，把各色各样的布料拼凑成漂亮的外套。

我首先想到的是我在80年代开始做的口述史研究，我访谈过300余人，受访者都是我的老师，应该给他们一个历史定位。我一直想给"口述史"归一个类，从史学角度看，没有问题就是史学的一个分支，但如果叫"口述史学"，则容易混淆：到底是"口述史"之"学"呢，还是"口述"的"史学"呢？如果从语言学角度看，"口述"就是它的本位，但又不能归为声学，更难以凸出其与文字的区别与合作；何况，语言学现在实际上已经成为一个极大的网兜，几乎沾点"语言"的都可以算进去，而"口述史"能否算进去还难说呢。我终于想到，可以从文化学角度来看，因为口述史的工作本质就是文化的一部分，老人们的谈话，并且独具特色地表述出人们的思想和见解，同样是珍贵历史的一部分，也是语言表述的一部分。我注意到，在30年代，就有几位学者发表专著，讲述言语学。他们的见解激发了我：言语学依然还是语言学的一部分，但是却可以专门表述由于人的言语而产生的语言现象和文化现象。不过，我不打算专门研究言语学本身的理论问题，而是研究通过言语所产生的文化历史现象。故而我决定了课题，就是"中国言语文化史"，这题目也得到何九盈先生的认可。

不管怎么说，我生存在历史工作单位已经30多年了，我也应该对中国历史文化，交出自己的一份答卷吧。中华民族通过"口述"，与世界其他民族同样，形成丰富多彩的言语文化，仅是专用的言语用词、专用的为大众喜闻乐见的言语形式，就一时难以数清有多少。后人虽有研究，但多是只顾一部分，诸如"古人曰""诗歌吟诵""说唱文学""戏曲念唱做打""口述史书"等，似乎还没有人将"口述"做主题来贯穿中华文献中的6000余年，我何妨一试！

我之所以敢写此书，关键有两点：一是中国太古时期的文献，过去都模模糊糊地归为神话人物的记录，远古的神农氏炎帝、轩辕氏黄帝等，都说过什么话、做过什么事，后人是不够清楚的。所有写中国古史的人都很小心，因为文献不足之故也。现在好了，"中国古典文献数字库"（别称"扫叶库"）已经运作30多年了，成果已经可以显露出其光辉的一斑了。我见到了利用扫叶库编辑出版的专著，如《炎帝集》、《黄帝集》、《太古帝王集》（包括帝太昊、帝颛顼、帝尧、帝舜等7位古帝王的言论）、《太古臣民集》（包括广成子、赤松子、仓颉、师旷、彭祖、共工氏、许由、皋陶、巢父、后稷、西王母、玄女、素女等58名太古时期人物的言论）、《夏商周三代帝王集》。这些清理出来的文献，如此丰富多彩。我至少先将先辈们的辛劳经验总结，介绍一下吧。只是可惜文献太多了，我写到后来，感觉实在是不能用一部书就容下的，只好将自己的书名改称为简史了。第二，是我所浏览过的近代口述文献，也是出奇地多。我只是发愁选用哪类文献的精华部分，最后只能割爱，放下大量文献，留待后人再写了。

书写得很顺利，十个月就完工了。我在自序中写道：

本书写到后来，笔者强制自己收笔，因为不能将无尽的文献全搬进来。而在几年前，思索酝酿言语文化史这个主题的时候，一来怕被大家说我是胡思乱想，思路混乱；二来怕文献不足，引不清"经"，说不准"典"，更缺乏"科学的历史观"，故而久久徘徊。而在以往几十年间，我的老办法就是跑到后楼，直接向我的恩师启功老爷子开口询问，因为我清楚每一次都能获得十分满意的答案。但是老爷子仙逝多年了，我这才后悔自己当年为什么不知道多问一点。现在老爷子只是在墙上笑眯眯地看着我发呆的样子，似乎有点生气地说："看你像是一块榆木疙瘩。"又有一点嘲弄地说："看你怎么办？"我无言了很久，突然有一天，我似乎想起来顶嘴的老办法，于是我盯着他问道："老爷子，你的'大猪跑学'里有言语文化吗？"老爷子更似是笑开了，但他的眼光确实扫向了他赠给我的一堆《启功全集》上面。我琢磨了一下，明白了，我需要自己到他留下的文章找一找。浏览几部之后，我全明白了，用目前的流行语说就大概是：脑洞大开吧。老爷子早已经多次谈到言语文化，以及几千年历史中种种言语因果关系，还把我一直头痛的问题，给出了他的答案，让我能够放心大胆"抄写"出来。这里我必须引述一些老爷子的先见之明：

人用语言表达意识，交流思想；用文字传播语言，记录经验，使得经验不致遗失，并在已有基础上不断增多、扩大。这至少是人类文明、文化逐步发达的一项因素。但人类发明和使用语言、文字，却是很费力的。一个事物，怎样去表示，用什么声音称呼，用什么符号描摹，第一个人这样开创，又经多久才被别人同意、承认，以至共同使用它，过程的艰苦，是不难推想的。……用符号表示事物，发展而成文字，过程也是艰难的。……至于语词虚字，表示就更难了。这类虚词，多半是在发出语言时，表示某些情感，某些用意，以至转换、连接等等抽象内容的声音或手势。抓住某个表意或表态的声音、动作来作虚词，其难于捉摸，更是不言而喻的。

……

我不懂训诂学，但常借着工具书来查文言文中许多语词的解释。

总而言之，语言根本都从比喻而来，比喻可比镜子照人。用一词称一件事物，好比一个桌子上的镜子，照见一个人脸；寓言故事好比一个大条镜子，照见一串行动；典故好比手持的一个小镜子，可以随时随地从不同角度照见不同事物的不同姿态。所以用典可称为灵活的、可伸缩的比喻。……语言不但不是铁板一块，而且非常灵活。随着民族、地区乃至集团、行业，各自可以形成不同的语言、语词、语汇、语序。如往更深处、更远处探求，问个"为什么这样说"，得到的答案往往是"不得已""无可奈何"地借用来的。因此可知什么初文、本义、古训、确解等等，都只是相对的。再说到什么主、谓、宾、动、副等等，也只是暂用、借用，说明一部分问题的。

老爷子的话让我如梦初醒，他简直是以一种全新的不为世俗所左右的视角来展示，来论证。除了他的鞭辟入里般对汉文、汉字的解析，更有关键的提示二：一是自己怎么看就怎么写，只要自圆其说，能够让别人看懂，得罪了谁或不吹嘘了谁，根本不考虑；二是选择的文献尽量为第一手文献，尽量与时代相一致。思想可能有错，文献的引述不能差错。于是我下决心开笔了，天天伏案开机，不知不觉就完成本书稿。

至于本书能够顺利出版，那要感谢广西师范大学出版社的各位，是他们广开了中国学术专著出版的新渠道，容忍我的"信口开河"，使本书能够与读者见面。以此祈望，21世纪的中国学术能够顺利发展。

谨以此书奉献在启功老爷子灵前，更祈望老爷子能够用眼角扫一扫。

七、《中国近代认知科学研究》

进入21世纪以来，中国学术界逐渐出现"认知科学"这个复合词，一些大学还将心理学系换名称为认知科学院，报刊上也多用起"认知"一词。恰好科学出版社侯俊琳先生来访，我们聊起来，他赠我几部他们社出版的关于"认知科学"的书，内容多是翻译的或编译的。

我拜读之后，第一个感觉就是眼界大开，原来当我们还在为18—19世纪所界定的学科、学派而埋头拼搏的时候，外面的学术思想早已经不是我们那样凝固在旧思维结构中，而是要面对地球上种种难以解决的大难题，诸如全球变暖、新病毒、环境污染、恐怖主义等，单科的科学知识已无法应对这些问题。同时，二战后的科学技术发展更加蓬勃，学术界对宇宙、地球自身及人的研究，获得以往想象不到的巨大成果，人类社会文明大大前进。但同时，又是一大堆以往不存在的难题出现。这在学术界的整体反映，显然就是尝试进行相关学科的联系、协调，对同一个难题，尝试从不同的学科视角进行深入的探讨。终于在20世纪70年代出现"认知科学"，将从前的哲学、语言学、心理学、神经科学、信息科学、人类学、工程技术学、计算机科学等协同在一起。人类智能的进步，将不再是只对付宇宙自然和社会的难题，而是还要对付人自己创造出来的人工智能机器人，机器人已经在一些领域中胜过人类，它们（或者他们）将是人类的助手还是敌人？现在谁又敢打包票呢。人类唯一的办法，就是老老实实地去认知，全力以赴地通过认知科学来认知将要面临的困境。总之，先进的认知思想，以强强联合的方式来探讨新问题、新方法，已经明显地创造出大量新成果，但也有许多尚未解决的新困难横在人类面前。我有了以上这样初步的认知，心中十分震撼。我很想学习学习，但已年迈，不能直接追随年轻人的步伐啦。

　　我的第二个感觉，要想成为一名合格的认知科学家，并非易事。即如一位传统意义上的哲学家，他仅有想进入认知科学圈的愿望是不够的，他必须掌握认知科学的基本知识，经过思维与实践的体验，才可能参与其中。同理，原先的心理学家、语言学家、人类学家等，也都必须掌握原先不在他们学习范围内的大量新知识，并且互相之间还必须有共同交流的思想和语言。因为认知科学这个庞大的学科系统内，就已经在实践中形成学科本身的"认知思想"和"认知方法"。认知思想应该是在传统认识论和知识论的基础上升华，牢牢把握住人类知识的未知前沿难题，精确地认知问题及可能的变量，设计出可行性方案。认知方法则是空前丰富与发达，是建立在几千年来人类所把握的各种各样可行性方法基础上，以建立一套最适当的方法去应对一个大难题。每一个成功的新科学成果或产品，其中就有一种新的认知方法的形成与运用。

我的第三个感觉，在认知科学的开创历史中及有所建树的学者名录中，没有发现华人的踪影，难道说中国学人都没有参加此项研究？这也可能是专业翻译、交流稀少之故吧？我记得很清楚，在上世纪80年代，大陆上突然淡化唯物、唯心的堡垒之争，"新三论"——系统论、控制论、信息论成为大家关注的热点，我自己作为热心的学习者也投入其中。对比"认知科学"的内涵来说，新三论大概只能说是引向认知科学的敲门砖吧。现在正是我们需要更上一层楼的时候。

我的第四个感觉则是深入一层。我既然找不到现在中国学者研究认知科学的突出成果与介绍，自己又没有能力去研究，那么，我已经习惯的思维方向，还是转到近代中国学人的研究成果上。针对认知科学所谈论的问题，我去中国近代学者的著作中搜寻一番，结果出乎我的预料，近代中文里虽然没有"认知科学"，但是认知科学里面所关注的许多基本问题，却有许多前人关注甚至研究过。有中国哲学家还特别喜欢用"认知"一词来表达见解；而在近代中国心理学家的许多专著中，他们所关注的，即与"认知科学"关注的是同一个问题。总之，并不需要一定要在"认知科学"这面后来才出现的旗帜下才能够谈论，现代旗帜下的基本主要的内涵话题，已经出现在近代中国学人的研究之中，中国近代学术界已经给后人研究认知科学打下了基本的学术认知基础。我有责任将前辈们的学术思想与成果进行梳理，并且展示给后人。如果我理解有误，那也绝非前辈们的差错。

我的第五个感觉就很现实，那就是我如何才能够表述清楚前辈们的学术思想和成果呢？我有两个基本把握：一是我以前研究过并且提出来的"百科思想"，其基本原则与"认知科学思想"，有着共同的特点，那就是多学科的综合研究。二是我近年努力进行的概念史研究方法，用于"认知科学"中关键词的探索，应该是没有困难的。我在写《中文概念史论》时，是针对各个独立的字词进行梳理；而我在写《中国近代人文科学研究》时，则是就"人文科学"的一些关键词进行梳理。现在如果我要梳理"认知科学"中的数十个关键词，只是数量上的差别。语言学是认知科学中不可或缺的一环，而认知科学中的关键词既是认知的成果，也是学习理解认知的工具。更何况，如果能够把这些关键词的来龙去脉梳理出眉目来，我是很有兴趣尝试做一做。几十年前，我总说自己是愿意"求知"的，现在看来，还是"认知"这个词更恰当。因为"求"这个字在中文里多用于"祈求"，虽有"求"之心，却往往被别人赐予的"知"弄得难以明白；而"认识""知识"作为名词存在，被塑造成一种深奥的理论体系，常人一时难以进入。"认知"的"认"，充满自己主动探索、判断、接受的精神。因此，我喜欢这个词。

我就开始准备写了，按照老办法，相关的文献找得差不多了，古汉语的源头文献又还是得到扫叶库的大力支持。但是却发现有一个难以过去的坎，那就是关于"人类知识发展史"或者"中国知识发展史"，我在这百余年的文献中没有找到一本中文的专著或译著，这令我很是无奈。幸好我手中有一部自己看重的书，是黄凌霜（文山）教授在1932年编的《西洋知识发展史纲要》（上海华通书局版），黄教授以浓缩的方式将西方知识发展史展示出来，颇为中肯贴切。我既然写不出中国部分，那也只好先参考他写的西洋部分。就这样，我将黄教授书中主要部分，提纲式组成本书的第二章。我在第二章最后附笔几句话如下：

今天我们重读黄凌霜教授在80年前写的书，确实是领略到知识在西洋的漫长的发展之来之不易，仅是其纲要脉络就已经令今人受益满满。更难能可贵的是，黄凌霜教授已经忧心忡忡地提出从学术角度，人类将应该如何应对人类社会所面临的巨大的挑战。君不见，今天全世界有识之士，依然还在为人类生存与发展探求目标与出路！

如果要笔者表达对于黄凌霜著作的受益点，那就是：

第一，求知与认知，才是人类发展的核心关键。

第二，认知的同时，就是辨别，要承袭那些真知灼见，要扬弃那些阻碍认知的思想和方法。

第三，认知的道路漫长且杂乱，存在机遇，存在陷阱，存在不确定性，只有有心人不懈努力进取才可能攀登高峰。

第四，为人类认知前途而尽心尽力，是我们一代又一代人的目标。

第五，我们中国近代许多学人，虽然还没有认知这个词做总目标，但都在各自学术领域为认知而奔忙，并取得骄人的成绩。

在写作过程中，我遇到一个预料之外的问题。写到关于"学习"这个词的概念史时，我想当然地认为："学习"的概念，就应当在《教育学》一类的著作中。孔老先生在2000多年前说的"学而时习之，不亦乐乎"相传至今。但是孔老先生却没有告诉弟子们如何学和学习。于是，中国近代教育家们出版了几十部《教育学》之类的书，对如何教说得头头是道，而如何学则付之阙如。我翻阅几十部之后，百思不得其解，似乎学习不是中国教育学界所需要传授的知识。我只好另外再找。心理学著作中出现一批《学习心理学》之类的书，书中讲的才是"学习"的问题，虽然偏重于心理学方面的学习问题，很少谈到学习的行为与方法，但这已经让我大喜过望。我想说的是：目前先进的机器人都已经掌握自我学习的程序、自我升级的程序，那我们人类更要加强自身的学习！

我很高兴在眼睛还能工作的时候，完成这部书。我在自序中写道：

目前的中国，"认知"和"认知科学"等词突然变成热词，在报刊文章中广泛被利用，仿佛有了这个词的运用，再给几个"认知科学研究院"挂牌，中国就已经掌握认知科学的命脉，走在人类命运的前头了。笔者由此一方面十分高兴这些词的重新被运用，一方面却不由得愁在心头，因为这绝不是什么文字游戏，而是人类命运共同体所关心的解除困境和开拓未来的尝试。

"认知科学"作为一个词组，无论是中文还是英文，出现都很晚。开始热闹起来，更是要到20世纪70年代。这当然是说明，"认知科学"成为一个整体学科系统，也就距今50年左右。但是世界学术界的人都知道，认知科学已经是当前人类应对困境时，所开拓的一种重要思路和行为目标。认知科学目前基本上已经涵盖哲学、心理学、计算机科学、语言学、人类学、神经科学、人工智能等几大学科，并且还交叉出多个新兴学科，互相补充，互相促进，面对的课题都是全人类在当代的困境，例如人类生存环境、地球变暖、恐怖主义威胁、机器人与人的关系等，都是目前看不见答案的。也正是因为这些困境与问题的存在，按照传统的个别学科的思维、方法与实践，很难有所破解，也才在自然现实面前，把大量原先各学科的人才，协同运作，融合成为在"认知科学"这面旗帜下，去老老实实地一步又一步解决难题。由此，学者的思想就不能再按照19世纪20世纪那样去学习与操作，而是需要重新补课，协同帮助。

......

现在用"认知"这个词是十分恰当的，因为过去把"知"解释为知识，是被动式的、静止的。现在人类知识量爆炸了，"认"知识就是主动的第一重要的事情。如果再进行知识的碎片化工作，就是与"认知"背道而驰了。

20世纪初期，中国人拜了科学为师，赛先生引导中国人在近代全面进步，跨进世界民族之林。其时虽然没有"认知科学"这个词作旗帜，但是这一代新人对于"认知科学"所涉猎的多个学科的具体内容，早就有系统地做过丰富的概念史式的探寻与研究。笔者顺着现代认知科学系统这条主线中所涉及的种种关键词和概念表述，到近代中国学者的专著中搜寻，很惊讶地发现，现代认知科学所探寻的主要问题、主要见解及主要实践尝试，在近代中国学者的专著中早已经与当时世界学者同步，进行过严肃的探求，并且取得一些初步认知，而绝非唱高调。笔者如是相信，现代认知科学的全面展开研究，是建立在百余年来以往大量学者的成果基础上，是根据现实的需求而不断发展的。为此，笔者从数百部书中筛选，凝练出他们的一些关键见解，汇成本书，呈现在现代年轻读者面前。一来也许可以供现在进行认知科学探索的有志者学习，二来正好表明中国学者多年为学术的贡献。

本书的写法，重点在把握当年的许多关键词，如知识、认知、心灵、心理、认知、记忆、行为、学习、情感、智能、智慧等，按照概念史的研究方式，古今中外地检索表达出来。其中最难办的是"人类知识的发展史"，笔者仅看到一部黄文山教授的力作《西洋知识发展史纲要》。而像《中国知识发展史纲要》则一直没有见到有人写出来。所以在无奈之下，只好感谢黄文山之外，大量引进本书中，为的是给年轻人一点基本智识，尚祈原谅。

本书之论，实在是浅薄，无非是想说：我们中华民族，在昨天曾经给人类社会贡献过一些正能量；那么在现在，当人类社会在风雨飘摇中探索前进时候，研究认知科学是十分必要的，在"认知科学"这面旗帜下，我们同样也能够奉献正能量，为的是未来的人类社会持续发展。祈愿这些善与恶的纠缠中，我们的奉献是当之无愧的。

第九章
述　怀

　　不知不觉，我已经过了八十一岁生日，朋友们给我送上长寿面，我把这长长的面条和朋友们的爱意，完全吞进肚子里，化作身体所需的营养和精神的动力。同时，我很清楚，支持我走到今天的力量，是来自父母。我早就写过："我从父亲钟敬文一生为学中，学习到'进取'概念；从我母亲陈秋帆一生为人中，学习到'宽容'。"

　　回顾我的前半生，我从小就愿意学习求知，对新知识都好奇，我最喜欢的格言是"知识就是力量"，我相信掌握知识的人就会有力量去做人应该做的事情。但是，时代的风浪让我几乎丧失做人的信心，似乎"做工具"才是中国人的出路。幸亏到 1980 年以后，原先的风浪总算缓和多了，我阴差阳错似的接触到一连串的大师级人物，我抓住求知的机会，老老实实向他们学习，一晃就 40 年过去了。

　　总结我这后半生的收获，可以说两条；一条是学会做人。50—70 年代我是学做工具，自然是被引导做别人的工具。而当我到紫竹院严昭阿姨主持的中国科技史料杂志社报到的时候，我懵懵懂懂地什么也不懂。她交给我的任务，却是天天外出去寻访老科学家，邀请他们写稿。记得当我在北大见到中国科学社创始人之一的唐钺的时候，很震惊我心目中的开创者居然还在世，虽然白发苍苍，但精神矍铄，只可惜那时候没有录音机，我只有给他拍照。我开始思考老前辈们是如何奋斗在旧社会的，他们从旧社会走到新社会，是如何挺直腰杆的？后来才有了我给300位老人的录音访谈。同样，自严昭始，我在书中按顺序简要提及的茅以升前辈、姜椿芳前辈、汪向荣前辈、谭汝谦先生、贺麟前辈、竹内实先生、启功前辈、何九盈先生等大家，他们在做人方面，都给了我决定性的鲜明的教导。他们的事迹，现在在网上都能够看到许多，我在这里就不重复叙述了。他们的学术贡献是已经载入史册，彪炳千秋。而我是在学习中领略到他们的精神财富。

收获的第二条是学术进取。拙著《学问之途》总结我在80年代学习文献学的收获。没有文献的实证，所谓"做学问"只能是建空中楼阁。我更用"话须真实方传远，语必关风始动人"，来总结口述文献与文字文献的互补关系。

茅以升前辈赠我的"你就研究我们这一代人吧！你横向综合地做！"指明了我的研究目标及横向综合的特点，至今我依然在遵守。茅老指引我研究中国近代科技史，我也写了几十万字的文章，只可惜至今尚未发表。茅老也指引我开拓口述史工作，让我陆续访谈300位老人，于我而言，即是请教了300位老师，学习到极为丰富的知识。

姜椿芳前辈鼓励我研究百科全书，让我在很少人涉猎的领域探索，即所谓坐冷板凳，却让我自成一家之言，让我通过百科辞书深入研究，领略到"百科思想"、"百科方法"及辞书条目的概念史式编纂特色。

贺麟前辈的连哄带逼让我开始对以往视为高不可测的哲学，进行初步学习，这就把我从前些年对具体人物、事物的探索，升华进入形而上的学习。只是我没有学习50—80年代出版的哲学书籍，而是学习自己从旧书店买到的清朝末年出版的约40部哲学书。我梳理后写成文章发表。我并没有钻进哲学理论的现代复杂的立场论争，说白了，就是我不想如哲学家那样去分析世界、改造世界，而只是想学习思辨的基本逻辑和方法、实证的思想和方法。我就是这样努力的。哲学的思辨、实证的思想和方法，引导了我的后半生。

汪向荣前辈与谭汝谦老友，把我的眼光推向外部，1987年就把我这个没有任何高帽子的书生拉到香港中文大学的讲坛上。

接着是竹内实导师的全面指导，让我既学习体验到日本文化的特点，更学习通过日本学术来观察中国文化文献和特色。1993年一年我在日本京都度过，不但写了两篇论文，还开始写散文。特别是我学习到对人类知识整体认知的表述方法，回国后就能够写专著了。

启功前辈对我在学术方面的帮助是全面升级。对于中国传统文化的方方面面，我虽然身在其中，却是不识庐山真面目。启功老爷子在世时，听他耳提面命也只是感到有趣，愿意思考，但究竟老爷子的学问是什么？他到底要告诉我们一些什么样的知识？我一直茫茫然。一直拖延到前几年，我决心要写一写启功先生的学术思想，我在翻阅《启功全集》两遍之后，才从摘录的精辟言论中，略微感受到一点他的"猪跑学"的诀窍。我全力梳理他的见解后，才明白，原来"猪跑学"确实是解读中国传统文化的一把钥匙。我顺着这个思路，努力进入启功老爷子的思想深处，终于都解释清楚了。我自己在感叹老爷子学术思想的深邃之外，也学习着按照他的"猪跑学"的思想，去认知目前的新的中国文化问题。

何九盈教授则不像上面介绍的几位前辈，高攀来说，他是我的学术诤友。近十几年，凡是我有疑惑和问题，他是知无不言，言无不尽，把他的真知灼见和盘端出，根本不管是分类意义上的哪个学科的问题。久而久之，我明白他是在督促我自立与进取。我也就在他的鼓励下，尝试从一门学科的认知探索，再进到下一个学科的认知探索，老老实实地写下自己可能还挺幼稚的见解。结果是在近几年间，我连续出版了几部专著：

2012年：《中文概念史论》，中国国际广播出版社，35万字。

2016年：《中国近代人文科学研究（1815—1949）》，广西师范大学出版社，50万字。

2017年：《中国近代辞书指要》，商务印书馆；《中文之变革（1815—1949年）》，广西师范大学出版社，40万字。

2018年：《启功学术思想研究》（繁体版），澳门理工学院，27万字；《中国言语文化简史》，广西师范大学出版社，35万字。

2019年：《学术启功》，广东人民出版社，27万字。

2021年：《中国近代认知科学研究》，广东人民出版社，45万字。

连同以前出版的，有我署名的书达到17部，其中大多数是学术性专著。

按照近代学术分类，我的专著研究范围涉及文献学、口述史、自然科学史、百科辞书、中日关系、哲学、文化学、语言学、言语学、人文科学（包括社会学、法学、民俗学、文学、伦理学等）、认知科学（包括心理学、人类学、生命科学、人工智能、哲学等）。我自己很有兴趣到陌生的学术领域去学习与探求，这些书所展示的正是我在探求中的体验。诚然，有一些领域我还没有涉猎，诸如经济学、医学、政治学、美学、教育学、艺术研究等，我也是一直兴趣满满地关注着，并且已经准备了不少的第一手史料。如果今生（特别是眼睛）还可以工作，我是很想继续写下去的。

在以上各科的研究中，除了言语文化史、百科辞书研究和认知科学的开拓外，我最感到满意的是概念史研究运用在中文里。我出版的三部专著的核心，都是概念史的研究方式。我强烈地感到：中文的积淀实在是太丰富了，但由于长期没有规范梳理，至今积淀的困难也实在是太多了。运用概念史的方式，给每一个中文字词进行语义梳理，是太必要了。当然做起来并非易事，需要有心人长时间的努力爬梳，但已经不可回避了。

本书章目以几位代表性人物来明示，其实 40 年间大力帮助过我学习认知的人物很多，难以一一叙说。除了我访谈过的 300 位老人，他们都是我的老师外；更有诸如扫叶库的栾贵明老友、田奕女史，北大的陈启伟教授，语委的李行健老友，林京耀老友、林文照老友、柳树滋老同学、顾勇老同学，等等。不可能在此一一列举了，只有奉上真诚的谢意与敬意。

人类正是通过求知和认知，才能够在地球上生存，还一直力图改善自身。现在一些新的困难摆在人类面前，只有克服人类自身的缺陷，才可能协同前进。中国学术界的有志之士，能否也贡献一点智慧呢？我祈望着。

　　本书讲述的是我的学术历程，其中的关键词是学习与认知。如果能给年轻学人一点参照，将不失初心。长江后浪推前浪，浪淘不尽千古风流人物，还看明朝吧。钟子在川上曰："来者如斯乎，不舍昼夜。"

"我是胡人，我讲猪跑学"

——启功前辈为人与为学

　　自从启功前辈住到与我前后楼间隔，这十几年可就成了我此生最幸福的时刻。隔三岔五的，我就能够溜到老爷子书桌前，如果他在忙于挥毫，我虽无磨墨之能，但是拉拉纸、打打粉还算称职；如果他在忙于应酬嘉宾，我也能把门迎送；如果恰逢小书房里的贵客、来宾送别完毕，老爷子脸上紧绷的肌肉就会放松，双眼眯成一条小线，手指着厨房，让我去拿罐啤酒什么的，给我们各倒上一杯，然后就海阔天空地谈论学问和文坛逸事。碰上老爷子高兴，到卧室拿出他的诗稿或字画，又念又讲，我听得如醉如痴，只恨当时为什么没有带录音机来！不过，现在可以说，我近年的文化学问，有一半以上是老爷子教诲所获。这是同课堂中塞来的、社会中飞来的，完全不同，只是很难在一篇短文中描述出来。

　　事也凑巧，华人杂志江主编从香港拐个大弯到日本找回来，要我写启功前辈。无奈，就又溜到老爷子书桌前，如实报告。不料老爷子笑眯眯地举起手一挥，说道："我是胡人，血统里有满族和蒙古族，没有汉族，《华人》能发表吗？"我无言以对，退出，电告江主编。耳机传来那边她更豪爽的回答："胡人也是华人！我们请你写。"好啦，我又坐到老爷子对面。这回老爷子听后不笑了，他放下手中茶杯，慢慢对我说道："当年我自己听周恩来总理讲的，他说中华民族是一个大家庭，你们满族祖先曾奠定中国现代领域的基础，我们很感激。周总理这样讲，就同孙中山先生所讲的中国两次亡国，要'驱逐鞑虏'完全不同了。孙先生只认汉族是中国人，也就给了日本鬼子后来侵略东北的由头。"我边听边想，偏偏要同老爷子唱一点对台戏。于是接话道："您讲的现代历史观很有道理，但是如果用在历史中，也有问题。如果不提侵略或亡国，当年的蒙古族建立元朝，统治到莫斯科以至匈牙利，那可就全是中国领土了。"老爷子叹口气道："历史问题是谈不清楚的。我来问你，要写我什么？"答曰："当然是写您的为人和为学啦。可以吗？"老爷子略为点头道："由你去写吧。"

真要写时，我也犯难了：这位胡人前辈的形象在我眼里，是同在电视里很不相同。他只有在公众场合被传媒"绑票"时，才中规中矩，一丝不苟地按照程序动口动手，连微笑也都如模子里刻好的。而当他在自己小天地里，他是敢于收拾那些自命不凡的人；他更劲头十足地与同行晚辈揣摩文化瑰宝，一字一笔也定要考据清楚；他在家中的穿着，实在不敢恭维，但不管如何提醒他注意容易感冒的因素，他总难得改进；他是美食家，看他吃美食的高兴样子比自己吃还过瘾，同时还听着他批评医生的饮食观，才更感美食之精义。近年老爷子身体时好时差，只要我在楼下路边能听到他哄然大笑中夹杂咳喘声，那就是他高兴之时。这次讨论胡人，我突然明白了，这不正是现代胡人的文化特征吗！满族人的聪明通达、蒙古族人的豪爽大方，时时事事都体现在老爷子身上。

至于前辈的为学，我多次听他用一句话总结："我讲的是猪跑学。"启功是教授，师大校园中随处可见他写的为人师范的语录，但应该如何解释前辈的猪跑学呢？这就更难了。首先是学之由来，这是北京俗话"没吃过猪肉，难道还没有见过猪跑吗"演化而来的，意思是追随前人所开拓的学术道路，呼噜呼噜地往前跑，谁要想学，就一边看一边学吧！此话虽近笑谈，但是深含哲理，我学猪跑学跑了十几年，才有点一窥堂室之感。此学不在教委登记之列，也没有招过博士生，只有到此学的具体内容看，才感到深广无边。就拿公众欢迎的书法看，前辈认做工具，我则以完全外行的起点，深深感受他的字画中骨肉相连的生命力。我的享受正是在他一边挥毫间，一边讲述中国字画里的黄金分割效应，真是字画写好写坏，分明立见。近年书法有经济效应，前辈就用以为师大办个励耘基金会，更不知赞助多少困苦学人。再讲八股文，前辈用一本书来说明八股文精髓在中国语文中的主导作用、在中国文化中的根深蒂固，虽然明摆着与政治上批判八股文风很不一致，但他论证确切精细，让那些拉大旗作虎皮的语言大家，闭口停笔，装聋作哑。我从来没有学过八股文，但听前辈分析中国地理观、建筑观、作文观等，全于无形中接受八股原则，也就无法与之辩论一番。至于他作为中国文物鉴定委员会主任的工作，我是没有发言权的，但我知道国家的文物珍宝，如容他有时间写一部大书，那才真是对世界文化的贡献。记得前两年，顾颉刚先生之女拿来顾先生珍藏的一幅字画，老爷子边看边念，更详细评述其中每个人，真比他柜子里放的东西还清楚。我感觉老爷子深厚的学识，更多表现在他的诗词里，凡是读过《启功韵语》《启功絮语》的读者，无不产生奇特的共鸣，似乎他不用推敲，就把诗人的情感融入你的心房，触动你久已麻木的神经，就想有腔有韵地念出来。古天才诗人是七步成诗，其实对老爷子来说是家常便饭，我常见他听完来人所述愿望后，提笔就写，四句八句，肯定对上榫头。可惜的是，老爷子对我这不会作诗的木头人，指望过高，常将密藏未定稿拿出来，一首一首地吟唱，还要解释关键词的由来。我听得兴高采烈，心领神会，可就是表达不出来。这里顺手录下老爷子赠我的四首律诗之一——《落花》，看看有心读者的感受与前辈的解释可相通？

> 弥天万紫与千红，一霎风来几树空。
> 火急催开劳羯鼓，夜阑不寐听僧钟。
> 轻难入地香添涩，落未盈堆绿已丛。
> 毕竟萧郎遗业重，缤纷大梦忏无功。

如果再写到佛学、教育学、历史学等方面的学识，那可就要变成论文了，就此打住。最后介绍老爷子去年要我帮他录音的感受吧。还是两人对坐，中间摆着老式录音机。我按下开关，点头示意，老爷子仿佛是端坐在教室椅上，马上中气十足地开口讲述。他根本没有稿本，但仿佛是讲过几十次的腹稿，大声地蹦出来，那么自信，那么有条理，再加上脸上丰富的表情和有力的手势，令我永生不忘。中国传统文化的内涵，给他形象地描述出来。例如中国语文结构，他用竹节来比喻，一节一节的，让人不得不服。再如文房四宝的历史与用法，他用大量典故穿插其中，以他的个人体验为最有力的法宝，听者只有跟着他乐、跟着他思考，于不知不觉中接受了他的论证。

悠悠此生，为人为学，启功前辈都是中华民族文化的一面旗帜。晚辈确是见过猪跑，也就进而为人为学，虽不成材，但兴趣十足。现代年青人，如果想选择猪跑学做博士课题，何不跑起来！我也多次见到来人面对前辈，称他为"国宝"，前辈总是回答："我是个活宝。"此话并不轻松，现代社会流风所至，拿启功前辈当作杂志封面，挂在墙上当照片，有些口头的揄扬，往往令前辈无地自容。我看还是饶了他吧。

1997 年 10 月 18 日写于北京

在魔圈中进取

——钟少华自述学术道路

一、掉进去了

中国的社会科学环境像是一个无形的魔圈，我自 15 年前不幸掉进去时，就是莫名其妙的。当年 45 岁，同每个经历"文革"苦难的爱国者一样，身心伤痕累累，但是又渴望做点实事。在我的档案里有做过炼钢工人、图书馆员、高中物理教师、编辑等记录，同时还有我在高考时的判决书："父母右派，不准录取。"

等我见到新来各位同事，他们虽多也来自基层，但多有历史本科学历，我只有在心中打鼓：一个研究机构里，要想做研究，就只有自己去探求；不然就去混个官牌，领导别人做研究。这叫我如何是好？退路是没有了，但学术前途在哪里呢？

在研究所的好处是不坐班，于是我茫然四处走动：到图书馆里乱翻书，也不知道要做一点什么。找早已到其他研究所的老朋友聊天，共同的话题很多，但真是不同行不相与谋，自己手中没有牌，是无法上台对话的。我心里总是想找个老师请教，但是文史哲系统里的宗派结构令人心寒，于是硬着头皮去找一些老人。有一天，我撞进茅以升院士家，由此也撞开了我的学术之门。当年茅老86岁，喜欢同年青人聊天，当我倾述自己的经历和苦恼后，老人略作思考，即郑重回答我两句话："你就研究我们这一代人吧。你横向综合地研究。"我立即有茅塞顿开之感，茅老讲的是方向和方法，既然我已不年青，并且文理工都干过，虽然哪一门都不能与专家相比，但是合到一起的研究优势，可就没有多少人能够同我一般行动了。我有如睡了半辈子刚醒过来，做研究嘛，就是得做前人还没有解决的问题，新问题就往往要新方法去探求。我心里想着我可以立个课题，就叫"近代中国人对现代化的贡献"吧，然后立即狂热地投入两项具体操作。

一是到近代图书中查询，从文字中汇集中国现代化开始时期的资料。1937年编纂出版的《张菊生先生七十生日纪念论文集》说清末出版科学书籍300部，还附有目录。我想，300部不算多，我拿来翻看一下，不就清楚了吗？于是蹲在柏林寺里看书，不料越看越多，只好自己做卡片，当我做到1800部左右时，我实在搞不懂为什么就这么容易统计到的基本工作，百年来竟然没有人去做。于是我拿给老友林文照，对他说："老兄，我统计过了，你看谁要研究这些史料，就拿去用吧。"不料他大为光火，反过来硬压我写成论文。无可奈何，回来花半年时间，写出头稿给他审查，他给我评得一无是处，他还说："就是得赶鸭子上架。"鸭子就鸭子，上架就上架，我四易其稿，他老兄才勉强点头通过。后来我这头篇15000字的论文，经盛成老推荐，在法国《欧华学报》上发表。书目也连载在台湾学术刊物上。就这样，我无意间撞进一个中国史料空白区，史学家人人都会讲的史学基础工作，居然是我能做到一部分；并且从中领悟到，鸭子上架还是鸭子，但是上架是必须的。从此我执行"笨鸟先飞"策略，我发现到旧书店找近代学术书籍比到图书馆找还容易，于是我倾几十元的工资去收集，虽然力不从心，但乐此不疲。偶有所获，能够高兴好几天。

二是到活生生的历史人物中去请教。我一直佩服陆游所写的"纸上得来终觉浅，绝知此事要躬行"，我所希望了解的是 20—40 年代有贡献的人物，在 80 年代多已 80 岁以上了，我想听他们讲自己的作为和思想。日本加藤千代教授送给我父母一台录音机，我就拿来，再花 4 元钱买一盒带（是我当时月工资的八分之一），去对茅老说："茅老，您就讲讲您怎么建钱塘江桥吧。"他高兴地讲起来。然后我又问他："您是中国工程师学会会长，您曾有 16717 名会员，现在还有谁在？"他又高兴地拿出小本子翻查。就这样顺藤摸瓜，孙越崎、顾毓琇、唐振绪、黄汲清、陈裕光等一长串人物就进到我的本子里，我也就得以坐到他们面前向他们请教。他们讲的越多，在我脑海里越感觉到像一个无比巨大的宝库，既感受到他们当年爱国建设的艰辛和欢乐，更感受到他们几十年后的思想和情感。他们中有一些人当时还没有落实政策，看到居然有个人知道他们当年的劳绩，来向他们请教，使得他们十分激动。这反过来对我来说，则变成一种责任感。历史嘛，从来就是人类文明的积淀，是一代又一代人连续继承发展，我只能做我所能做的一部分。我留下他们的声音和形象，算是一个中间环节吧，将来总有人需要的。于是我越录音采访越不能止，还越铺越宽，科学社、农学会、数理化、天地生的权威人物全请教过了。但我这算是什么研究工作呢？虽然我的论文一篇接一篇，录音带一盒接一盒。

二、挖呀挖

我一直认为，研究社会科学的人，就得有兴趣去研究。不管你深挖浅挖，总是得自己去挖，并且得挖出点道理来。80年代中期，经商之风吹遍神州，亲戚朋友纷纷下海，我也曾几次动摇。我也曾参加科委等机构搞的大型体系研究课题，终觉还是走自己的路吧。正如童年老友张小云教授来信写的："在中国挣钱的路人人都会走，可是真做研究的人太少了，我支持你研究下去。"

1986年前后，我有两次会面和一次没有实现的会面，决定了我所开拓的研究道路。

一次是我有幸认识姜椿芳老，他在他写的文章中说中国以前没有出版过百科全书，他编的是第一部。我心中有疑，多年旧书店翻旧书的经验让我找到实证。于是我抱着几部线装书到他的办公室，请他过目。他一看之下，就对我说："这些是百科全书。你是有心人啊。"接着他叫来三人，提出要买我手中藏书。我大出意料之外，只有如实相告：我是用书人，并不卖书。他就又提出要我给《百科知识》写文章介绍，我答应了。后来发表第一篇，到第二篇时，编辑不肯登了。我想，恐怕是我的研究还太浅，于是我到各处爬梳清末各种各样怪书，查看法国狄德罗百科的来龙去脉，终于有所悟。1987年，香港中文大学谭汝谦博士邀我去讲学之余，中国文化研究所提出要我演讲，我就以"清末百科全书研究"为题，第一次将此公布。直到在座的王尔敏教授给了我"新史料、新思想、有成就"的评断，我心中才算是一块石头落地。我所写的两篇长论文，也都在香港中文大学《中国文化研究所学报》上发表。这个新课题站住了，就想回来向姜老汇报。最遗憾的是，当我回到家，桌上竟然放着姜老的讣告。

另一次是在1986年，美国哈佛大学何海诗博士来京，他问我做什么研究。我就介绍我给老人录音情况。他明示这叫"口述史"，属于史学的一个分支等。我才搞清楚我在前几年干的算什么名堂。接着他邀请我同他口述访问一批中国生物学家，转了半个中国，从中我体验到哈佛的洋口述方法，更坚定了我自己的田野方法。后来他帮我申请到"中国改革开放基金"，使我得到唯一一次经费帮助，到1987年已经完成150多人的录音。

没有实现的会面是台湾陈胜昆医生。他自两岸解禁即来信与我联系，我们多次通信讨论中国近代科技史问题，后来我们约定合作研究，有写出一大部书的计划。我为此也大量收集近代中国学术书籍及资料，涵盖自然科学、社会科学、人文科学，尤其集中在中国学者研究成果。简单说，我拥有了写中国近代学术思想史的基本资料。有一年，胜昆到桂林旅游，他打电话到北京，我们仅用声音高兴地交流。遗憾的是，他不久就被台湾黑社会绑票，他拿不出钱来，很快就被撕票，从高楼上被扔下来，结束了他壮志满怀的生命。这也就中止了我在这课题上的深挖，一大堆没有发表过的研究文稿全束之高阁了。

在80年代，我还有两个课题完成了。一是由于重庆建工学院请我去给研究生班讲"中国史学方法"，我借此对史学理论学习一番，在88年写成讲稿，并去讲了半个月，获得好评。二是我对"中山实业计划"的研究。此计划的制订和实施措施，对中华民族在20世纪的现代化建设有巨大作用，并且是两岸有共识的。我写的长篇论文在香港、台湾发表，更有相当反应，打开了我同台湾学术界的交流。

三、进入 90 年代

90 年代初，我迷上了哲学思想，这起因是贺麟老先生。我是很愿意去听他讲中国近代哲学史中一些情况，他几次还在感冒时，竟然费力地为我解惑。有一次他请石兆棠先生吃饭，要我作陪，其间讲到我能够研究中国近代科学哲学史。我心里想：这可不仅是鸭子上架，是要鸭子上天了。但是有时翻看近代哲学书，云山雾罩的，倒也有趣，既然我手中有 300 余部近代哲学书，不妨整理一下吧。

在京都哲学之路

不料一整理就发现问题了：科学是实证的，哲学是思辨的，那么科学哲学如何定位？在19世纪20世纪之交，科学哲学如何来到中国大地？曾经有什么介绍和作用？我从史学角度该作出什么评价？从我发掘到的一大堆史料来看，是同目前流行的"中国近代哲学史"大不相同。我感到力不从心，幸好有几位哲学家肯给予教导，我勉强写成《清末中国人对"哲学"的追求》《论清末的科学哲学》两篇文章。可惜我的文稿又没有赶上给贺麟老过目。

真正让我在学术上更上一层楼的是日本竹内实教授。几次他来北京演讲，我都是站得远远地听，心里佩服得很。1991年他又来参加学术会，我鼓足勇气呈上我的两篇百科研究论文。他看后就对我说："你的研究有意思。日本的百科全书没有人研究，我将请你去日本研究。"这是我没有料到的，更是奇怪日本百科为什么没有人研究。当我在1993年春坐进京都大学图书馆里，世界的知识迎面向我涌来时，我完全沉迷于其中。更何况每隔几天，就能到竹内先生家里，听他细说学问。学问真是怪极了，绝不是奶油加糖那样顺利，我常常将轻率的第一反应说出来，等受到先生明确的指点后，才明白自己是多么愚蠢，真像是喝了一大口苦茶，甜是在苦之后。就这样，我在日本逗留一年，由于经费原因，我的研究只好暂时中止。

我一回国，就埋头写两部书。一部是《人类知识的新工具——中日近代百科全书研究》。此书开始是对中国清末和日本明治年间的百科辞书的考证，中间变成百科思想和百科方法的思考，最后提出一个梦想，设计21世纪人类知识百科全书。这本书基本表达了我这十几年在学术道路上的探索，行文中既有书志学和历史学的考证，也有文化思考。另一部是口述史书《早年留日者谈日本》。竹内先生曾对我说过："中日之间讲友好容易，理解难。"我自己才体验日本文化一年，实在没有发言权，但我有搞口述访问的实践，于是我就去请18位20—40年代留日者谈中日文化交流，谈他们的体验，然后我将14人的录音整理成书，完全按照口述史方法规范操作。此书在学术上无需费我多少脑力，但口述方法确实有特效，并且由于国内长期缺乏口述史书，所以此书反响远较前书热烈。

写到此，文已嫌长，但话犹未尽。我必须说明我能够坚持学术研究的缘故：从官场学来看，15年不为官是可疑分子；从孔方学来看，15年没有挣到养老金是糊涂虫；从许多亲友来看，回避交际应酬是木头人……我是都接受，我只能请求原谅，因为我总共就15年时光。先天已不足，偏偏又迷恋于魔圈的奇幻景象，好奇心使我欲罢不能。我三生有幸，能得到启功先生的强力支持。公元前399年，有位伟大的哲学家苏格拉底，他被判处死刑的理由是："苏格拉底的违犯律法在于他不尊敬城邦所尊敬的诸神，而且还引进了新的神；他的违法还在于他败坏了青年。"这种"罪证"对于我这个经过"文革"的人来说，实在是见怪不怪了。苏格拉底为了个人理念，宁可选择死亡，这可真是伟大了。如果说革命事业需要为了理念而无数人头落地，那么改革事业也需要为了理念而说点实话吧！

1998 年元旦于北京

计算机与考据学与《水经注》

说来已经是近 30 年前的事了，钱钟书先生预见到计算机在中文文献整理中的巨大作用，指令田奕女史等人开始研究。到今天，当田女史静静地把她们整理的《永乐大典本水经注》一书摆到我面前，我才深深感觉到，她们做了一件多么伟大的工作。

一、《永乐大典》本与《四库全书》本的流变

自从一千七八百年前桑钦撰写《水经》，被北魏郦道元加上"注"成为《水经注》以来，由于他们所考据的中华民族当时地域河流人文历史，相当详实，共有 311566 个字，被历来研究中国历史地理者奉为瑰宝。按郦道元本意，他是"余考校诸书，以具闻见，今略辑综川流注沿之绪，虽今古异容，本其流俗，粗陈所由"。这样一种严肃的学风与成绩，如果我们民族有他这样向前看的传统，能够沿着他所开拓的思路与实际调查的作风，过一段时间就能出一部《新水经》。

最可惜的还不是我们至今还没有一部《新水经注》，而是更荒唐地连这本并没有丢失的原《水经注》，也被考据家们搞得面目全非了。宋朝残本就不去说了，明朝最权威最庞大的《永乐大典》中，在卷11127至卷11141全文收录。全部是手抄，开首写明桑钦撰、郦道元注，每卷后有重录总校官名、分校官名、书写者名、圈点者名。《水经》本文用大号字书写，注则用小号字书写。其来龙去脉应该是明白交代清楚了的。当然手抄书难免出现错简、错字、漏字、难认字等，只要后人校雠得当，是容易克服的。只是由于《永乐大典》历经改朝换代、社会动乱，被连偷带卖带毁，现在存世的仅有800多卷了。幸运的是，《水经注》全在其中。可惜后来的篡改者居然给改得面目全非了。

最大的篡改者就是18世纪后期奉清朝皇帝命令修纂《四库全书》的纪晓岚和他的部下戴东原。纪先生宣布"明以来绝无善本"，他以明朝末年朱谋㙔的《水经注》做底本，然后用"永乐大典所引各案水名逐条参校"。此后却一直没人见到有朱本出现。那么，纪先生所说《水经注》引用的《永乐大典》本，他自己真正见过和利用过吗？根据他在书中大量修改的内容来看，我们完全有理由怀疑他并没有利用，也许他根本就没有见到过。但他偏偏如此说法，就只能从非学术角度去解释了。至于具体进行校对的戴先生，更显然没有见过大典本，他根本就不是用大典本做校对的底本。他们就施展一联串传统的"想当然"的本领，只要能满足他们的自圆其说，《水经》本文与注之间可以随便换位，可以随意增添内容，可以随意删减内容。这些主观措施，还是在一套已经纯熟的引经据典的手法下进行，外行人是很难看明白的。

作为一部实证性很强的《水经》与《水经注》，有没有中国学人试图从中国大地上实地考察其准确性呢？笔者所知有限，恐怕是没有。传统中国文人没有行为实证一说已经很久了。他们剩下来的只是从文字到文字的"考察""训诂"。殊不知，纪先生他们所玩的文字把戏已经登峰造极，以训诂对训诂，从训诂来，到训诂去，不管赞成派或怀疑派，结果是谁也没有钻出来。

怀疑的声音也时有。直到20世纪初期杨守敬先生做完《水经注疏》，也没有搞清楚其底本问题。非得到经过五四新文化运动科学洗礼后的新学者出现，才总算有了眉目。王国维先生在1922年从归安蒋氏传书堂假得大典本《水经注》半部，他就拿来与四库本对校，然后发表文章，直接批评戴东原"不独原诬大典本"，"且有私改大典假托底本之迹"。"窃书之案，几成定谳"。这是一种真正学者的态度与原则，所谓没有调查就没有发言权。王先生取得发言权，并且据学者的良知而直言，毫不夸大篡改。

既然有底本问题，关键就看能否找到大典本了。原来《永乐大典》散失混乱，这《水经注》早已经不在一个藏书楼中。（纪先生动用国家的力量也没有找到）偏偏近代中国出版界元老张元济先生有心，"上穷碧落下黄泉，动手动脚找东西"，功夫不负有心人，他不单找到分落两处的大典本，并且全文影印出版。时间应该在1935年前后，他自己写的跋文中说：大典本《水经注》"分装八册，全书俱存，一无欠阙。前八卷今存于涵芬楼，后七卷为高阳李氏所得。余尝通假，并印入续古逸丛书"，"今见是本，只有经注字分大小，并无所谓'注中之注'。馆臣亲睹是书，且定为出自宋椠善本，自可直捷指明，据此以正赵（一清）之讹，何必隐约其词，使后之人纷纭聚讼，读者亦莫之适从，殊不可解"，"今何幸异书特出，百数十年之症结涣然冰释。是书之幸也，亦读者之幸也"。张前辈给后人做出一个实际的榜样，但是依然没有压住相关的辩论。这也许恰是中国文化的又一个特色，就是"真理并不一定越辩越明"，而是纠缠在人际冲突中。如胡适先生就是另外一种代表，他一生钟爱《水经注》，但却一直为戴东原做免费的辩护士，一直到他的晚年，1952 年在台湾大学演讲时，才部分确定说：《永乐大典》中的《水经注》，戴东原也没有看到。

即使到了今天，1999 年江苏古籍出版社出版的杨守敬著《水经注疏》，还是重申抱残守缺的重要性，也才引发田奕女史等人在 2005 年开始探求此问题，其动因还是钱钟书先生早些年的指示。他们在基本全部浏览相关史书之后，选择底本问题为突破口。这样做的思路是正确的，但是如何能够在短时间内完成呢？必须说明的是，他们与前辈不同之处，除了创新精神，还在于他们拥有了自己创建的扫叶公司的古典数字文献馆。人依靠计算机，计算机又听从有智能的人的指挥，他们很轻松地将大典本和 1999 年江苏古籍出版社本在计算机中字字对应比较，结论丝毫不用添油加醋，最终有了《永乐大典本水经注》的出版。

二、校雠的部分结果

根据田奕等人校雠的部分结果，《水经》本文被通行本认刻到《水经注》中的就有 513 条、5775 个字，几乎占《水经》原文的一半。如果我们把通行本不符合大典底本的差错全部加到一起，就是有 772 条、8806 字，也是惊人的数目。要知道，古人惜字如金，改一个字，就很可能将内容改得天差地远。现在通行本改近 9000 个字，这书还能让人信服吗？

这说明一个事实，就是现代古籍的重印，如果底本选择不当，还是会重复古人早已经犯过的错误。而解决的关键，除了有知识的头脑，还要有经得起验证的计算机数字文献馆。

把经文改到注中、把注改到经文中、增多内容、脱减内容，自然全是校雠者与领导者的主观判断。古代官修类书，其编纂体例带有皇权色彩，在清代更有文字狱的惨烈背景，令校雠者为难多多，他们只对皇帝负责，拿到政绩就行。他们不需要对读者、对历史负责的。

通行本在没有充分证据的情况下，对经文和注文增补 190 处，计 1716 字。增补主要在注文，不说明增补原因，更没有说明论证。增补的主要方法是抄引经典。这些增补内容，在大典底本中是没有的。那么，他们有什么权力、有什么根据在原书上自行增补？这也是训诂学的一个原则问题。他们自己要写一部新水经注，谁也不反对，但要把他们自己的东西说成是桑钦撰的、郦道元注的，可就违背了历史原则，越俎代庖。

古历史地理通过文字描述，这与实际地貌变迁就难以相符。更让读者难受的是，通行本中除了增补文字，还大量随意删改文字。特别是后来各注释家的见解，全都加进去，或说改进去，几乎形成公说公有理、婆说婆有理的状况，谁是谁非，没有原本标尺。注释的本意应该是给读者一个准确信息，或至少是参考信息，但这书里却变成考验难为读者的信息。

三、小结

一部计算机，在有智能的年轻人的实践中，做成一个准确的古典数字文献馆，就已经能够很轻松地把 200 年来争吵不休的《水经注》问题，准确到每一个字地分析出全新的结论，让人可查，更可放心地使用。也就给现代训诂学提供一个榜样。正如田奕女史在自己书中序所介绍的钱钟书先生的总结，以前是"由于狭隘的民族偏见，褊窄的正统观点，封建思想的严重束缚和'官样文章'的草率敷衍，使这项艰巨的工作有很大的缺点"，而现在是"因为有一条新路正在计算机前面展开"。

朗润园荷花正红艳

—— 思念季老

电视上传来季老逝世的讯息，我不由地低下头，一片模糊堵进脑海。好久好久，才似乎回到上世纪最后几年，自己好多次踏着轻快脚步，顺着朗润园湖边东侧绕行，盛夏湖里团团荷叶正在与点点清澈水珠嬉闹。绿色丛中，红艳的荷花挺立绽放，将她那美丽的倩影指向头顶蓝天。我不由地停下脚步，轻轻地向她们问好。因为我知道，她们是季老爷子的精神守护，守护的是现代中华文化的象征。然后我才转头看看那座实在难看的旧楼窗上，那只白猫是否也在守望？这才走近前去敲门，去准备吸纳当天能获得的精神财富。

我能够来的理由也够多。关键是家父与季老在 80 年代后期有了默契，凡是北师大有相关活动请季老，他是必去；反过来也一样。于是我不觉就成了传令员。而我也不算安分，面对真正的大师，我总想千方百计学习点。比如，季老出版《糖史》，我就偏要拿出点近代史料去请教，老爷子很宽容地让我在夫子庙前耍弄一番，然后给我一些指点。又如一次赶上季老的《牛棚杂忆》样书刚到家，我实在眼馋不过，于是厚着脸皮伸手说："老爷子，也给我一本吧！"

老爷子慈祥地朝我笑笑，提笔在书上签名赠我。李大姐在旁小声说我："少华，你有点过了。"我赶紧说："我知道，但这书对我太有用了。"再有一次，我的一位画家朋友在中国美术馆办绿色画展，季老、启功老与家父三人联袂同观，他们在展厅里难得轻松地优游漫谈，真是进入绿色美丽的世界一般。我实在钦佩他们的风采，只是这份内功修炼则绝不在武林秘诀中，当然也不在传统道统之中。他们都是五四新文化运动所熏陶，都是中西文化顺利合作结晶的代表。

最令我难忘的是 2001 年秋，家父重病住院，季老就安排在北大举行钟敬文百岁华诞活动。我代表家父到会场时，真让我大吃一惊，北京当代文化精英来了百余位，由郁风姑姑主持了一个情景自然交融的活动，大家畅言百年来中国文化的境遇与体验。这里没有党派之分，没有宗教之别，只有真心的祝福与对前景的冀望。

季老住院后，我好不容易在 2005 年 11 月 17 日才找到去医院看望的机会。我先准备好两台相机，在大门口被扣下一台，接着在消毒室清理，才进到他的住室。老爷子的脸色依然那么红润安详，只是因为吃药而行动慢一些。他安坐在病床边的大沙发上，依然扳挺着脊梁，眼睛炯炯有神地望着我，笑嘻嘻地表示欢迎。他面前是一张长木桌，放着每天要看的资料。背后柜上是一堆图书和玩物。我向他汇报自己近年转到中文语义学研究的心得，得到他的首肯。我们再聊学术界的新旧事，发现他全清楚，并且很关心。李大姐说起老爷子每天的工作规律，特别强调一丝不苟。到晚上将休息前，李大姐呈上由她记录的当天言行录，包括看什么书、写什么文章、见到什么客人、说过什么话、答应过什么事情等，老爷子核对后签字。这样做已经连续好多年了。我不敢多留，告辞离去。半年后我的第九本新书出版，赶紧给老人寄上。过几天李大姐就来电话说："告诉你，季老已经看了你的书。说了一句话：'少华，还早着呢！'"这一下就把我新出书的喜悦全抹掉了。后来我重新看30年代季老翻译的《拉丁语系的语文学》一文，他当年所把握的知识，我确实还离得很远，这才感觉到此话的沉重分量和对我的希望。现在我的又一本新书完成了，可又哪里能再听到他的指点呢？

现在朗润园的荷花又该绽放，而她们所守护的现代中华精神已经离去。百年前，这座清代废园也曾见证中国的改革，清政府派出考察政治的五大臣归来，就是在此厘定中国政治改革的草案，建议立宪和消除满汉民族界限。现在中华的新的政治改革又会随着荷花绽放吧？

2009 年 7 月 11 日夜写于小红楼

竹内实教授——我的导师 [①]

1994 年初，我离别京都回到北京，不久就收到竹内实教授寄来的他的《退职纪念论集》。在书的扉页上，他用毛笔苍劲地写道："天涯若比邻，人生一知己足矣。"当我因重新掉进社会科学魔圈而深感无奈之际，我自然不是按照字面上的理解去充当竹内教授的知己，而是必须在学术天涯去追求人生知己。于是五年来，在我一本接着一本写书之际，竹内教授的书就一直放在座右。

竹内教授是我的学术导师，这是我的福气。笨驴就得挨鞭子才会上磨，我正是挨竹内教授鞭策才走到目前阶段。但是我确实对竹内先生的了解太少，他的书我仅看过几本。而打开他的著作目录看，那是 37 本书啊，其中单著 23 本、合著 7 本、编著 7 本，全都是关于中日文化交流的研究成果。他在用一生精力将中国文化介绍给日本人，又尽力将日本文化介绍给中国人。有一次，我鼓励他口述自己的学术经历，他叹口气说："你还是对我了解太少。"

[①] 原文载《悠游录》，学苑出版社，1998 年。

我最早接触竹内教授，是在 80 年代。他几次来北京做演讲，我都是挤在后排聆听，深为他的研究方法所折服。到 1991 年的一次国际会议上，我才鼓足勇气，在谭汝谦博士带领下去向他递上我的两篇论文。不料他第二天就对我说："你研究百科很有意思，日本的百科没有人研究，我要请你去日本研究。"这就让我有了 1993 年日本学术之旅，这一次完全是在竹内教授的引导下。这段经历，现在写出来，在我还是偏早，但我经不住年轻的留日者们的鼓励，我也希望能将前辈学者的学术言行激励后辈。

我住进京都光华寮还不到半个小时，竹内教授就来了。他以学者的目光审视着残破的楼层，对我说道："太不人道了。"我当时摸不着头脑，就连忙以中国书生吃苦惯了来应付。后来他多次同我讲起以"光华寮事件"为楔子的前因后果，我才感受到他的善良愿望。原来他作为日本学者，对于中国人擅长窝里斗太感痛心，他曾努力呼吁将"产权"放在一边，大家合作将此宝地建设成亚洲学生会馆，以培养新人为第一位，并且有利均沾。可惜他的心愿并不受到热衷窝里斗者的注意。

第二天一早，他就带我上街，先学习在银行存取款，再学习买公交车票、办理各种手续，安排我到图书馆看书和准备演讲等。路上我谈对眼前京都的新鲜感受，他则鼓励我写下来，并谈他对中国文化现象的考据感受。他刚刚去北京拜访了冰心老人，在描述冰心父母及她本人对中日关系的贡献时，如数家珍。我则闻所未闻。到第十天，竹内教授就拉我去新京极通，先在古书店搜罗一番，让我对日本古工具书有所认识，然后请我吃中华料理，再到京都沙龙去同中国留日学生会面，听他们介绍论文。他针对论文中的问题，提出严格的学术要求，让那些候补博士们心服口服。回家的路上，他依然对目前中国在日学生的论文评论不止，我则从心里佩服他对学术的认真态度和对学生们的关怀，这关怀同样对我大有裨益。

廿天后，竹内教授叫我去他家。他的住地在银阁寺前，从光华寮沿着樱树和疏水间的道路走上去，不用五分钟。那是一间典型的日本式两层木屋，小院子里耸立着一株木兰树。我笨手笨脚地脱鞋进客厅，竹内教授让我随便坐，并倒上一杯日本茶。他拿出他新编的著作《中国近现代论争年表 1895—1989》给我看，问我道："此书你有用没用？"然后说明此书是他曾领导的京都大学人文科学研究所同人集体合作十余年才完成的；此书将中国近百年论争以年表形式排列，同时将日本学者对每个论争的介绍评估写在下面。我边看边想，这样的工具书，本应是我们中国人自己先编的，可是现实的中国人太忙于"阶级斗争"，对文化建设全然不顾。我也久闻京都学派大名，此书不就是代表作吗？他们对学问的执着，确实名不虚传。我略看清末的论争，发现缺乏哲学和教育方面的记载，就直率地告诉他，并明白地说："此书对我很有用。"我的心里还有一句话不敢说，那就是此书价太高了。竹内教授听后很高兴地说："我送你这本书。"接着他提笔在书的扉页上写下："苍茫大地　谁主浮沉　钟少华先生教正"。好家伙，拿"最高指示"来问到我头上了。如果是在封建中国，光这么想就属于罪该万死了。于是我滑头地说："这个问题不好回答。"竹内教授更是干脆伸手对我一指，带笑地提高声调说："你呀！"我则是无言以对，惭愧至极。原来他对中国书生有如此强烈的期盼！而中国书生们百年来靠鼓吹济世救国已经救不了国，面对 21 世纪的全球化问题，中国书生们又将有何作为呢？

我个人已经错过有为之年，但是也必须在有生之年回答这个百年难题。后来我回到国内，写成一篇文章介绍此书。

为了加深我对日本文化的体验，竹内教授带我前往大德寺聚光院——千利休茶道的发祥地。他在路上向我介绍千利休的事迹和被丰臣秀吉赐死的经过。我则被寺院中几十位日本人营造的气氛所吸引，原来茶道就是现代人聚会的好形式。我们先听和尚诵经，念经声为真读，颇有中国四声之感。接着在茶室围坐轻谈，穿和服的小姐穿梭送上清茶。大家欣赏着茶道主持人的手法，那是一丝不苟地从老祖宗那儿传下来的。竹内教授坐在首席，同大家轻松地交谈，并不时照顾着我，让我欣赏茶道用具。当我听说那件竹片是400多年前传下来的时候，我表示怀疑，因为薄竹片经常用在水中，哪有如此耐用？竹内教授则表示肯定可以。离别大德寺，他还在路旁买了一份包装讲究的豆豉送我，说那是最接近中国味道的。我将之放在小书桌旁，让它散发阵阵遥远的中国香味。半年后才放进我做的中华料理红烧肉里，阵阵香味，引来光华寮同僚们敏感的鼻子。

第二次的茶道，竹内教授把我拉到奈良乡间的松源院去，同行的有小路千家元（千利休第十四世孙）和学茶道的人，坐满了一车。松源院属于佛门，乡间的佛子同城里的佛子气质不同。在茶室炭炉水罐旁，一位有德的和尚反卷佛袍，翻动粗壮的手指给我们煮茶，还不停地同竹内教授聊天。我心里感觉很有趣，于是对竹内教授说："因过寺院逢僧话，又得浮生半日闲。"竹内教授就要我写下来让大家看。一会儿，来了一位中年尼姑，僧尼俗就饮茶畅谈在一处。下午我们在松源院下面的阿纪神社参加活动。先是家元给神社所祭奉的古代神灵献茶，不少本地信仰并保护神社的人来助阵。民众在松林微雨间随意围观，显然是当地一次盛会。旁边一座戏台，同我在中国乡间所见的相仿。天黑了，台前四处燃起了篝火，人们在木板长凳上静坐。一会儿，清脆的敲击乐声配合着悠扬的笛声，同篝火的火焰一起蹿上树林上空。戏台上一位传统盛装的演员，轻挥折扇，踏着台步，吟唱日本古典戏曲，这就是有名的"京都薪能"。竹内教授低声告诉我，那位演员是日本著名的大师，特地从城里赶来演出。可惜我忘记了他的姓名，但他传神的眼角、流水的步态、有力的唱腔，我至今不忘。演出除了传统的戏曲，还有日本狂言①。内容我从小就在书上看到过，但现场观赏这还是第一次。虽听不懂台词，但剧情和演员的投入，令我高兴不已。

在奈良

<hr />

① 日本一种短小的滑稽喜剧，演出以对白和动作为主，台词诙谐幽默。演出形式均为独幕戏，不分场。演出时间一般为10—15分钟。角色2—3人，分主角和配角。

曲终人散，我们原车回城。半路上，我们停车拥进一间大面店，一人一大碗面，价 1800 日元，碗大似盆，那把木勺有如大人国中的小姐所用。丰盛的佐料埋在汤下，汤上漂着几片金叶，金光耀人。这就是日本当时流行的金餐，对于富人有一种满足感，而对饥渴的人则是梦想，对于肠胃则肯定是负担。我用五个手指握住大勺，将汤连金叶盛满吞下去，让我那好奇的肠胃去同富贵的金属打交道吧。

6 月，竹内教授来约我去神户。他对我解释，这是他给学生上课的方法：凡是相关的内容，尽量去实地体验，然后讨论。我很赞成，就同师生十余人坐上舒适的私铁①。车厢内，我请教关于日本学者百年来进化的老课题。竹内教授讲起课来，他的总结是：越现代化引进就越传统，越外国就越日本。我听了很放心，看来中国文人无须杞人忧天，所谓西方文化要埋葬中国文化、中国文化消亡论，是编出来吓唬自己的。我们到达神户，华侨博物馆陈馆长接待我们，在馆中历数他的家珍，整个馆藏就是一部在日华侨百年来的奋斗史，真是动人心魄。竹内先生的日本学生边听边看，十分认真。类似这样的教学活动，我陆续参加过几次，例如去天理大学看法国狄德罗百科全书，这已经写在另一篇散文中。如此学习的好处，是无须再次重复了。如此的老师，又哪里能够求得着呢！

…………

京都的三大节日是三大祭。时代祭和葵祭举行时，那真是万人空巷。我挤在人流中，立马看花，掠影般捕捉日本民族古老又现代的活动。祭日既表现出 1200 年来京都建立的深深的历史刻痕，更

---

① 日本的铁路原来分为国营和私人经营，后者略称私铁。国营现在叫 JR。

是民众习俗在现代的热情表露。祇园祭期间，竹内教授要带我去看铮祭的准备情况。正好京大的留学生林红女士请求拜见竹内先生，我又请准她同行。我们借着四条大街的华灯，转进小巷中。小巷中都是忙碌的人群，有些人在搭建已经初具规模的山铮车，往上面添加更多的饰物，有些人则挤坐在铮车上，排练着古典乐曲，还有人在往来指挥。此情此景，不由得令人想起中国民间的大节日活动时"火树银花合，星桥铁锁开"的景象。竹内教授不停地给我们介绍各种奇形铮的名称、含义和历史故事。我在忙于照相时，见到活泼的林红指手画脚地不知在讲什么，而竹内教授则是满脸笑容。…………

　　行文至此，我还没有描写竹内教授的外形相貌呢。我觉得他就是一位典型的日本教授，并且是深知中国文化的日本教授。他的眼神通过眼角皱纹传出来的是东方人的厚道和智慧，他的嘴角随着他的情感变化而时松时紧，配合着他话语内容的精彩程度，让人一听就明白是切中问题的中心，而不觉其用中文或日文。我曾听他用中文和日文演讲"汉金印之谜"，那是他得意的研究收获。我所留下的印象，突出的就是他所醉迷的考据学问，就像是吟诵诗篇一样地控制着听众。他很少用手势，主要利用引人入胜的内容，再加上热情的语调和脸部表情。至于竹内教授的穿着，恕我不惊，那是太普通了。不是随便马虎，而是平平常常。他的黑皮鞋、咖啡色西装、小旅行帽、小旅行包，我都没敢"考据"是多少年前的。他在小包内总是放着照相机、资料和药品等，都是他事前准备好的，用来得心应手。他穿着和服木屐走在银阁寺路边的形象，更令人永远难忘。而我之所以敢写散文，抒发自己的心得和情感，那也是竹内教授鼓励督促才开始的。

时光飞一般掠过，我在日本已快一年了，我放弃了学习日语的机会，而是按照竹内教授在开始时对我的愿望，要交一篇论文给他。我实际写成两篇，也许是环境影响，我写时特别放得开，连哲学问题也敢去探索一番，不考虑白纸黑字会有人来秋后算账。当竹内教授来向我索要时，我和盘端出，请他挑选。他选定《中日近代百科全书的启示》，说立即排版，当年发表。

离别时间到了，我的心情无法形容。遗憾的是我自己的研究没有完成，而这又不是"人定胜天"的事。早在头几天，竹内教授就要我同平时一样，到他家饮茶聊天，并送我几样礼物。其中最有意义的就是他的香港朋友托人寄来的扩大仿制的汉金印。他赠我的则是按照福冈市博物馆所颁布的按原件仿造的汉金印。这既是中日古代文化交流的物证，也是竹内教授对我的嘱托。至今我一直将金印摆放在我书桌的电脑旁，每当我情绪上波动不安时，我总是打开印盒，摩挲着金印，沉重的金印压在掌中，往往能够抚平我心灵上的创伤。那是后话了。

当时竹内教授似漫不经心地问我道："你喜欢相逢还是别离？你需要举办一个告别会吗？"我立即回答我喜欢相逢时的热闹，而离别最好是越淡越好，悄悄地走，要不然我会受不了的。果然，他只是在我走的前夜来到光华寮，淡淡地同我握手话别。我则强忍住眼泪，接受着他的鼓励，满载着他的教诲和精神财富，向更高的学术层次去开拓进取。几年的事实证明一切，这就留待下文了。

1998 年 10 月 5 日写于北京

图书，你活着 ①

　　竹内实教授在夜间来电话，邀我去天津市图书馆看日本书。睡意朦胧中我就答应了，全然没有考虑为什么放着北京的大批日本书不看，偏偏冒着蒸笼般的暑热去天津。图书，不就是把印着字的本子放在一起吗？在哪儿都应该是一样的。

　　星期日的早上，我们来到天津中环路上的图书馆新大楼，陆馆长、朱副馆长等负责人已经在恭候竹内实教授。见面交谈才五分钟，就说请我们看书去。熟悉中国官场排场的人都会微感诧异，怎么这样简陋行事？看来那些还没有见面的图书才是真正的主人，它们对在座的爱书人都有巨大的吸引力。随着电梯的上升，我们一下子就被拉到16层楼上的书库里。书库很普通，书架也很普通，架上堆满零乱的日文书。我随手拿起布满黑灰的一大本书，取下陈旧的包书套，竟然是明治年间出版的一部百科全书，真是叫我喜出望外。1993年我去日本客座研究日本百科全书时，钻过几十家图书馆和古书店去查找这

───────────────

① 原载《光明日报》1998年5月7日。选入时有所修改。

些图书，真够辛苦的。现在只费吹灰之力，它就呈露眼前了，怎能叫我静得下来！再拿起另外一本书，是线装和刻的诗画集。我简直搞糊涂了，在这个天津中心高楼上，如果是卡拉 OK 厅，我也见怪不怪，但现在是一排排沉重的书籍，仿佛是一排排老兵，满身征尘，伤痕累累，在经过漫长的跋涉之后，正按口令集中在此。他们在等待什么？我顺着书架慢慢地走过去，体验着它们跳动的心脉，查看着它们破烂的穿着。从书中字里行间，我渐渐感到它们依然是有巨大生命力。它们在无言地接受我们的检查，没有掌声和鲜花，它们依然在期望，有它们为中日文化交流重新服务的一天。

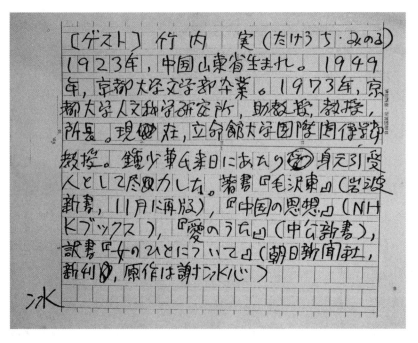

竹内实自书

我们几个看书人，全被淹没在书架间，直到图书馆领导把我们拉回现实。去会议室的路上，竹内实教授坚定地说道："我下次来的时候，要带铺盖卷来，带康师傅方便面来。"我心里想，怎么同我的想法一样？不过，最重要的问题是，这些图书是怎么到这里来的？负责人白主任把她考证的结果坦然相告，把家珍一一数来。原来这里藏有6万部日文书和大量中文书，是以1905年创建的天津日本图书馆为发端，比天津图书馆的前身——直隶图书馆还早两年，成为天津地区最早的图书馆，也是日本在中国所建最早的图书馆。这些图书曾经迎接大量读者来利用，直到抗日战争结束。后来这些图书在库房里沉睡了半个世纪，直到馆长邀请竹内实教授作为重新拜访这些图书的第一位日本人，开始了书籍的新生。这些图书的来源是清楚的，采购和捐赠各占一半，捐赠的团体相当多，有东京骏河台图书馆、日比谷图书馆、大阪市图书馆、北平国立图书馆、上海图书馆协会、商务印书馆等。这些日文书自然是从日本来的，一开始是属于日本在天津居留民团的。

　　日本在天津居留民团，就是说曾经有几万日侨在天津生活工作几十年。在这些图书里就整理出几乎一整套居留民团的资料，不单有其成员、结构、活动等，能详细到几乎每一天，日侨参加天津社会生活的种种情况。这些图书不过是他们的文化食粮罢了。但是在中日新关系的今天，这些图书已经被历史赋予新的使命和重任。竹内实教授在发言中高兴地说了许多，除了他作为日本学者的愉快心情之外，估计已经在预测：当这批硕果仅存图书的消息在日本散开后，会有多少日本人前来利用？应该怎么利用才合适？

　　我坐在旁边，能说什么呢？我自己就是想尽早带铺盖来看书的人，对这些图书的重生意义，我能够说上一大堆赞美词语。感谢天津图书馆的爱书人，他们为中国文化保存了一块干净的人文空间，自己的牺牲是可以想象的了。我只能想：当这些流落中国近百年的日本图书，在"日本在天津居留民团展览会"场上和公众见面的时候，它们的笑脸和中日人民的笑脸互相辉映，我能够举起照相机，拍下那美丽的画面。

图书，你活着！

钟少华著作一览

[1]《中国近代认知科学研究》，广东人民出版社，2021年。

[2]《中文概念史谈薮》，台湾兰台出版社，2021年。

[3]《学术启功》，广东人民出版社，2019年。

[4]《启功学术思想研究》，澳门理工学院，2018年。

[5]《中国言语文化简史》，广西师范大学出版社，2018年。

[6]《中国近代辞书指要》，商务印书馆，2017年。

[7]《中文之变革》，广西师范大学出版社，2017年。

[8]《中国近代人文科学研究（1815—1949）》，广西师范大学出版社，2016年。

[9]《中文概念史论》，中国国际广播出版社，2012年。

[10]《中国近代新词语谈薮》，外语教学与研究出版社，2006年。

[11]《悠游录》，学苑出版社，2005年。

[12]《学问之途》，北京师范大学出版社，2003年。

[13]《あのころの日本》，日本侨报社，2003年。

[14]《词语的知惠》，贵州教育出版社，2000年。

[15]《进取集——钟少华文存》，中国国际广播出版社，1998年。

[16]《早年留日者谈日本》，山东画报出版社，1996年。

[17]《人类知识的新工具——中日近代百科全书研究》，北京图书馆出版社，1996年。

"座右铭"

钟少华

以文献为基础，

通过历史语言串联，

就是文化史的理念。

完成概念史的建构，

方可探求认知的真谛。

认知的喜乐，

岂非人生最长最大的喜乐？